すべて名もなき未来

装画＝UC EAST
装丁＝川名 潤

すべて名もなき未来　目次

Side B
物語

序　失われた未来を求めて

私は一九八九年に生まれた。

昭和天皇が崩御して元号が平成に変わり、ソ連ではグラスノスチが進められる一方で、中国では天安門事件が起きて情報統制が強化されていた。ヨーロッパではベルリンの壁が崩壊して東西ドイツが再び繋がり、マルタ島でジョージ・H・W・ブッシュとミハイル・ゴルバチョフが会談し、それまで約五〇年間続いていた東西冷戦の時代が終わった——子どもの頃、家にあった世界地図にはまだソ連があったし、ドイツは西と東に分かれていた。百科事典も同様だった。父は私が小学校に上がるころまで、ロシアのことを「旧ソ連」と呼んでいた。私はそれをよく覚えている。

その翌年、一九九〇年にはイラクがクウェートに侵攻した。国際連合は多国籍軍を派兵し、戦争が始まった。ブッシュは戦争が好きだった。私は誰かの受け売りで、そうした知識を持っていた。冷戦の時代からテロの時代へ、時代は移り変わりつつあった。多く指摘される通り、それは近代の大きな物語が崩壊する時代であり、そして小さな物語が乱立する時代だった。あるいはそれは、現実が実態的なものから情報的なものへ――物理的なものから論理的なものへ、リアルからハイパーリアルへ、素朴な実在から思弁的な実在（スペキュラティブ・リアリズム）へ――移り変わりつつある時代だった。テレビのコメンテーターは湾岸戦争について、「その戦争は、まるでビデオゲームの画面のようだ」と言い、父も私に「湾岸戦争はまるで、ビデオゲームのような戦争なんだ」と言った。父は何度も同じことを話すくせがあった。そのせいで、私は現在に至るまで、湾岸戦争とビデオゲームという言葉をセットにして覚えている。ボードリヤールは「湾岸戦争はなかった」と言った。湾岸戦争は一九九一年の四月に停戦したが、停戦協定の履行をめぐってはイギリス・アメリカとイラク間での緊張状態が続いていた。「いつ戦争が再開されてもおかしくないんだ」と父は言った。あるいは、他の新たな戦争が始まったとしても、と父は言った。

二〇〇一年になると同時多発テロが起きてイラク戦争が始まった。私が中学一年生のときのことだった。九月一一日、私は黒い学生服を着ていた。私はギャッツビーのワックスで髪を整えていた。当時流行していたハイビスカスのステッカーを学生鞄に貼っていた。黒のコンバースを履いていた。学校に行くと友人がやってきて、「見たか？　ニュース。飛行機、映画みたいですごかったな」と言った。私はニュースを見ていなかったのでなんのことかわからなかった。朝礼が始まると、先生が挨拶の中で、「ニュース」でやっていたという「飛行機」について話してくれて、それで初めて何が起きたのかを把握した。「世界にはたくさんの悲しみがあります。私たちは悲しみをできるだけ繰り返さないようにしなければなりません」と先生は言った。本当はそうではなかったかもしれない。私たちは何分間かニューヨークに向けて黙禱を捧げ、それから授業に取り掛かった。国語の時間にヘルマン・ヘッセの「少年の日の思い出」を読んだ。授業中に誰かが先生に当てられ、「いっときの自分の快楽のために、本当に大切な友達を失うようなことはしてはいけないんだなと思いました」というようなことを言っていた。先生はうなずき、彼は座った。私は机の下でデジモンを育てていた。カッターナイフや彫刻刀で、机に好きなバンドの名前や好きな曲の歌詞を彫った。X JAPAN、ブルーハーツ、ドラゴンアッシュ。陽はまたのぼりくりかえす。漫画を読んで、ときどき眠った。チャイムが鳴るまで、そうやって過ごしていた。「いっときの自分の快楽のために、本当に大切な何かを失うこと」、私はそんな経験をしたことがなかった。彼だってそんな経験をしたことはなかった。私たちは誰一人そんな経験をしたことがなかった。けれども私たちはその経験について知り、知っているその経験をあたかも実際に経験したことであるかのように話すことができた。そのころ私たちはイメージの中を生きていた。そのころ私たちは、「映画みたいにビルに飛行機がつっこむ世界」で生きていたのだ。

本書はフィクションではない。しかしながらそれは、本書がフィクションでないことを意味しない。全ての人間はフィクションを生きている。人間はフィクションを通して現実に触れている。フィクションが認識を規定し、フィクションが人間を規定している。世界とはフィクションを通して触れられた現実の名であり、時代とは、変わり続ける世界＝フィクションの、ある特定の瞬間に与えられた名のことである。

二一世紀は「まるで映画のようだった」という言葉から始まった。それは「ビデオゲーム」よりもさらにリアルで・迫力があり・直情的であるといった意味が付加された比喩だった。ビデオゲームは一人で行われるが映画は複数人で観られる。そこではエンターテイメントとして観られることに付随する、人工的で過剰なスペクタクルが求められる。二〇〇一年九月一一日。燃え上がる飛行機。崩れ落ちるワールド・トレード・センター。それらの映像をテレビの画面越しに見た人々――張り巡らされたカメラ、視線、通信網。そこでは映画と映画でないものは等価になる。文字通り、現実的なもの・切実なもの・肉体的なもの・血液も・叫びも・死も、全てはフィクションに覆われている。動画サイト上ではハリウッド映画のように壮大でヒロイックなエフェクトがかけられた、テロリストたちによる斬首動画がインターネット上を流れている。世界中で多種多様な背景を持つテロが起き、リアルタイムで中継され、中継されながらN次創作が生成され、botがそれらを複製し、インターネット・ミームが増殖していく。来歴を失った悪意が繁茂し、新たな暴力が実行されるときを待っている。今では平成は終わり、新しい元号が始まっている。令和。二〇一〇年代の終わり、二〇二〇年代の始まり。ビデオゲームのような戦争から約三〇年経過したその時代にあって、私たちの知る現実はミームに覆われ、何もかもができの悪いフィクションのように戯画化されている。私たちはまさしく——たとえばSF作家のフィリップ・K・ディックが、虚構の中で現実として描いた悪夢そのものを、今や確かな手触りのある現実として生きているのだ。

フィリップ・キンドレッド・ディック。アメリカのSF＝サイエンス・フィクション／スペキュラティブ・フィクション作家。

一九五〇年代のアメリカSF黄金期にデビューし、その後SFの模索期を経験。ニューウェーブ／スペキュラティブ・フィクションと呼ばれる新たなSFジャンルの旗手として活躍し、一九八二年に死去。最後の長篇となった『ティモシー・アーチャーの転生』の出版と、代表作である『アンドロイドは電気羊の夢を見るか？』を原作とするリドリー・スコットの映画『ブレードランナー』の公開直前だった。ディックはその映画の公開をとても楽しみにしていたが、この世界の生前にその映画を観ることは、ついぞ叶うことはなかった。享年五三歳。短い人生だった。

フィリップ・K・ディックの作風は、「不条理SF」などと呼ばれることが多い。フランツ・カフカ的な不条理／悪夢＝非現実的な現実感が、カフカのような自然主義的リアリズムとしてではなく、自然主義的世界には存在しないはずの、架空の——しかしそれは現実でないことを意味しない――ガジェットを介したSF的なリアリズムとして描かれているというわけだ。そこでは「並行世界の観測が可能となった未来」といった舞台設定や「アンドロイド」といった登場人物、「感情操作を行う機械」といった道具立てが用いられる。たとえば広く知られている通り、『アンドロイドは電気羊の夢を見るか？』では、「感情オルガン」と呼ばれるガジェットを使用することで、登場人物たちは自分たちの好ましいように自らの感情を調整し、その結果、自分が感じている情緒が「本当に自分が自分として感じていることなのか、それとも感情オルガンによって感じさせられていることなのか」がわからなくなり、また、人間のように振る舞うアンドロイドと、アンドロイドのように振る舞う人間が交互に描かれることで、アンドロイドと人間の差異が何かがわからなくなる。その作品は私たちに、私たちの記憶や感情や確からしさのこの感覚が、私たち自身では根拠を確かめることのできない、曖昧なものであることを訴えかけるのだ。

虚構と現実の境界が揺らぎ、融解すること。虚構が現実を侵犯し、二つの間の主従関係が転倒すること。それがディック作品の特徴である。そうした作風をして、アーシュラ・K・ル＝グウィンはディックを「アメリカのボルヘス」と呼んだ。ボルヘスから多大な影響を受けたル＝グウィンにとって、それはディックに対する最大の賛辞だった。たしかにル＝グウィンの指摘する通り、現実の不確かさを暴き、虚構と現実の境界のあいまいさを指摘するという点ではボルヘスとディックは類似する。しかし、そうした作風に至った契機は両者で異なる。ボルヘスは書物に埋もれ、書物の宇宙に触れることでその着想に至ったが、ディックは現実に触れ、現実に埋もれることでその着想に至った。ディックの世界で人が死ぬとき、ディックはこの世界で実際にそれを経験しており、ディックの世界で語り手が狂うとき、ディックはこの世界で実際にそれを経験していた。ディックは双子の妹との別れを経験し、友人との別れを経験し、恋人との別れを経験していた。ディックは現実と虚構の間を行き来し、過ぎ去った離別を様々な仕方で語り直し思い直し経験し直すことで、過ぎ去ったはずの悲劇に、異なる可能性の光を当て、救済の可能性を思った。ディックは複数の世界を、物語によって擬似的に構成できることを知っていた。ディックはそれが、打ち捨てられた者たちの救済につながることを知っていた。あるいはディックは薬物中毒で、たった一つの錠剤が世界を全く異なるものに変えることを知っていたし、さらに言えばディックは気が狂ってもいた。ディックはこの世界で切実なものに触れ、傷つき、壊れ、狂ってしまうことで、私たちが現実と呼んでいるものがいかに脆いもので、また私たちが現実と呼ぶもの以外にも現実と呼びうるものが複数あるということを、逆説的に、身体で知ることができた。あるいは、誰もが単一的なこの世界に縛られていることに耐えられず、自分だけが狂うことで、ディックは世界に抵抗したのだとも言えるかもしれない。単一の世界に縛られた単一の身体でありながら、複数の世界に触れること――たとえ狂ってしまったとしても。ディックにとって、それだけがこの世界で生きることへの抵抗であり救済だったのだ。

「私にとって救いがあるとするなら、それは恐ろしいもの、不毛なものの中心にある、カラシの種のような滑稽さを見つけ出すことだ」とディックは言っている。「最後にはどこへ行きつくのか。無である。何も存在しない。脱出口は一つしかない。すべてに滑稽さを見出すことだ」

ディックはつねに風穴を探していた。切れ目を探していた。〈この世界〉から〈あの世界〉へアクセスするための、〈あの世界〉から〈この世界〉を見つめ直すための。

ディックは確かにそこにある〈現実のもの〉として、〈不確かな現実〉を生きていた。そこでは真実と虚構は風見鶏のようにつねにくるくると反転し続け、人間と非人間の境目はわからなくなり、生きているものと生きていないものの境目はわからなくなる。全てのものは、生きている感覚はあるものの生きているとは断言できない、〈不気味なもの〉と化す。まるでそれは、『ヴァリス』に描かれた世界に酷似した、高度に情報化され、過度に接続された現代に生きる私たち自身がそうであるように。

ヴァリス／ＶＡＬＩＳ。Vast Active Living Intelligence System。巨大にして能動的な生ける情報システム。自動的な自己追跡をする負のエントロピーの渦動が形成され、みずからの環境を漸進的に情報の配置に包摂かつ編入する傾向をもつ、現実場における摂動。擬似意識、目的、知性、成長、環動的首尾一貫性を特徴とするもの。

あるいはインターネット。そこに張り巡らされた網状の通信回線上に繁茂する、ソーシャル・ネットワーキング・サービス。

そうした技術の発達と普及によって、現代に生きる私たちは常時ネットワークに接続され、ソーシャルグラフを構成する一個の――文字通りの――ノードとして見なされるようになった。私は本業であるコンサルティングの仕事の一環で、SNSの投稿内容を分析することがあるが、そのとき私が分析するのは人間ではなく、端的なノードである。ノードはプロフィールや位置情報や投稿内容の傾向に基づいてカテゴリ別に仕分けされる。ノードの中には人間らしい感情の機微が細かに表現された投稿を行う「本物の人間」がいる一方で、特定のメッセージや広告情報を機械的に出力することに特化したbotなどの「偽物の人間」がおり、また、「本物の人間」に運用されているにも関わらず「偽物の人間」のような反応を示す半bot、あるいは、人間らしさを構成するある種の複雑性を排し、単一の目的に即した単一の言動を反復することを特徴に持つ、裏アカウントや捨てアカウントもいる。裏アカウントや捨てアカウントといったノードたちは、営利目的や非営利目的、政治・信条の表明やプロパガンダなど、様々な目的で運用されているが、それらは目的に資する以外の投稿を行うことはない。それは一般的に言って機械のように見え、人間らしくは見えないが、それらのノードは自分たちが人間らしく見えるかどうかに拘らない。そこには反復可能な運動だけがあり、反復的な運動だけがあればよい。それらのノードはそう考えている。SNSのデータ分析をしていると、そうしたノードに必ず出くわす。そうしたノードは無数に存在している。要するに、ソーシャル・フィード上には、本物の人間であるノードと偽物の人間であるノード、本物か偽物か、生物か無生物かがわからない、正体不明のノードたちが蠢いているのだ。

そして、それら有象無象のノードたちは、クラウド上のデータベース／データウェアハウスの中では純粋に定量的なデータとして扱われる。それらのデータは機械的なアルゴリズムによって整形される。分割され再結合され集計され可視化される。ノードが人間か否かに関わらず、投稿内容は仕分けされ分析され定量的に評価され、統計的に、ある一定の集合的な傾向として見なされる。そこではノードの表現する感情が本物であるかどうかは関係がない。出力されたテキストが、感情的に生み出されたものか否かは別にして、そこには感情があるものとされ、事実上、それは生きたテキストとして扱われる。たとえそれが、無感情な機械によって自動的に生成されたテキストだったとしても。

夜が来て、私はデータ分析の仕事を終えて自宅に帰る。本棚からフィリップ・K・ディックの小説を取り出し読み返す。私は『アンドロイドは電気羊の夢を見るか？』で描かれていた──SNS上を戯れるノードたちのような──アンドロイドと人間の関係のことを思い出す。あるいは、まるで現代のインターネットのように全てがデータとアルゴリズムによって駆動された、分裂症的で、偏執狂的で、断片的で、乱立し錯綜し多重化される、『ヴァリス』の世界を思い出す。

私は自室のソファに座り、ときどき本を置いてスマートフォンを手に取る。Twitterを開き、Facebookを眺め、Instagramを眺める。私はそこで、自分が「本物の人間」であるかのようなテキストを書き、絵文字を添え、写真をアップロードする。私は本物の友人たちとされるノードからリプライやコメントをもらい、一つずつそれに返信していく。そのとき私は、自分が「本物の人間」であることを信じて疑わない。友人たちが「本物の人間」であることを信じて疑わない。しかし、それをこの目で確かめたことはない。そう、私は私自身を人間だと思っているが、私の持つ「人間としての記憶」は、実は人工的に捏造されインストールされていたものなのだと明かされる日が来ないとは限らない。あるいは、私以外の友人たちが実は、いつの日からか「偽物の人間」に——たとえば自動返信機能を追加し、半bot化していたケースなどは現実的にありうるだろう——すり替わっていたのだと明かされる日が来ないとは限らない。そのとき私は何を以て人間を人間だと言えるのか？　人間と機械にはどのような違いがあると言えるのか？　私が今までもこれからも一貫した私であり続けることを、一体私の何が保証してくれているというのか？　ディックの小説は私たちにそう問いかける。そうして私は人間がわからなくなり、私は自分がわからなくなる。私はやがて混乱の中で、「〈この私〉ではない〈別様の私〉」について、あるいは「〈別様の私〉になった私の目から、〈この私〉だったはずのかつての私」に思いをめぐらせ始める。

ところで、申し伝えるのが遅れたが、私は昼と夜とで異なる仕事をしている。昼は未来を実装する仕事を、夜は未来を想像する仕事をしている。

具体的には、昼はテクノロジー・コンサルタントとしてコンサルティング会社に勤めて働き、夜はSF作家として自室でSF小説やSF批評を書いている。両者の仕事は似ているとも言えるが、全く似たところがないとも言える。共通するのは未来について思考することだが、それぞれ目的も違えばアプローチも異なる。そのため当然ながらアウトプットも異なってくる。一言で言えばコンサルタントは、「確実にある／あった未来を先取りしてクライアントに提供する仕事」であり、SF作家や批評家は、「不確実だがありうる／ありえたかもしれない未来を読者に喚起させる仕事」である。あるいは前者は「既に顕在化しており可視化されている未来に向けて現実を調整する仕事」であるとも言え、後者は「潜在的であり不可視の未来について思いを巡らせる仕事」であるとも言える――いや、もっと簡単に言い換えてみよう。前者は「現実的な未来のための仕事」であり、後者は「非現実的な未来のための仕事」である。

コンサルティング、SF、批評。それらは異なる仕事である。それらは無関係な仕事である――少なくとも、多くの人はそのように考えている。私はコンサルタントとしてSFについて語ったこともなければ、SF作家としてコンサルティングについて語ったこともない。批評家としても同様である。もちろんそうしたことを語ることを求められたこともない。コンサルタントはSFに興味を持っていないし、SFはコンサルティングに興味を持っていない。批評家はあらゆるものごとに興味があるとも言えるが、何にも興味がないとも言える。いずれにせよ、それらは現状、全く異なるものとして棲み分けが成されているのである。

私はそうした現状に疑問を持っているわけではない。本書はそうした現状に対する問題意識を表明し管を巻き糾弾する類のものではない。比較優位の原理がそう語ってみせる通り、分業には分業の意味があり、棲み分けには棲み分けの意味がある。一つの業態が担う生産可能性には限界がある。コンサルタントには限界があり、SF作家には限界があり、もちろん批評家にも限界がある。コンサルタントは万能ではなく、SF作家も批評家も万能ではない。コンサルタントは「次にどのような未来がやってくるか?」ということを雄弁に断言し、SF作家や批評家は未来について確実なことは何も語らない。それはそれで正しい振る舞いである。一人の人間が生産可能なもの・投入可能な時間・費用・能力には限界がある。各々には得意な領域があり、各々は得意な領域に注力するべきであり、だからこそそこには隔たりがある。そこには隔たりがあってしかるべきである。しかしながら本当は、私はそれらが深く結びついたものであり、本当は、それらが隔てることができないものだと考えている。

時間は一方向に向かって流れる――少なくとも、人間の脳と身体は時間をそのように認識する。そのため、過去も現在も未来も、全ての時間概念は、単一の時間軸に沿って流れる単一の瞬間であると考えられている。しかしながら本当はそうではなく、過去も現在も未来も単一のものではありはしない。そこには複数の現実が折り重なって存在する。誰もそれを普遍的で定型的なものとして決めることなどできはしない。未来は便宜的に措定される。確定されるわけではない。未来は無数にあり、認識可能な選択肢はつねに複数存在する。全ての人間が選択の繰り返しによってその人生を方向づけているように、人間の集合から成る社会は――あるいは「時代」と呼ばれる、人間の集合から成る社会が想定する一定の時間は――選択の繰り返しによって方向づけられている。誰もが「あのときこうしていたらこうなっただろう／こうはならなかっただろう」と想像するように、社会もまた、そうした想像力を持っている。人が夢を見るように、社会もまた夢を見るのだ。

哲学者であり批評家でありSF作家であり、そして「ゲンロン」という出版社の創業者でもある東浩紀は、虚構と現実が交錯する並行世界SF小説『クォンタム・ファミリーズ』において、フィリップ・K・ディック『ヴァリス』や村上春樹『世界の終りとハードボイルド・ワンダーランド』「プールサイド」（『回転木馬のデッド・ヒート』所収の短篇）といった、先行するSF／文芸作品に対する批評を展開し、その結実として「反実仮想の想像力」という概念を提示している。その概念について、東は同作の中で、ある一人の登場人物に次のように説明させている。「石のような無生物は、現実と非現実、ある世界と別の世界が決して交わることのない物理的

（フィジッシュ）な水準でしか存在することができない。しかし人間は、現実と非現実のあいだ、複数の世界が交わる水準に位置するメタ物理的（メタフィジッシュ）な存在である。石は並行世界をもたない（ヴェルトロース）が、人間はたえず並行世界を作り出している（ヴェルトビルデント）。だからこそ、人間はつねに、並行世界からの干渉が要請する反実仮想の想像力、「できたかもしれない」という罪（シュルト）の意識に苛まれるのだ」

一般に、人が「できたかもしれない」と言うとき、人は過去を振り返っている。人は既に過ぎ去ってしまったできごとに対し反省し、後悔する。もしもあのとき彼女に告白していたら、もしもあのとき彼の話を聞いてやっていたら、もしもあのときみにこう言ってあげていたら――私たちは違う今を生きていただろう。

しかし、こうした想像力は何も過去にのみ適用できるものではない。過去が改変可能性を内包しているように、未来もまた改変可能性を内包している。多くの未来は人為的に・社会的に・構造的に決定づけられているが、しかしそれは決定づけられているがゆえに、「反実仮想の想像力」を差し挟むことができるという性質を、原理的に保持しているとも言えるのだ。もしも明日彼女に告白したら、もしも明日彼の話を聞いてやったら、もしも明日きみにこう言ってあげられたら――私たちは、そうすることのなかった未来とは違う未来を生きることができるだろう。本来あるはずだった未来とは異なる未来を生きる私たちは、並行世界の住人であると言える。

そして今、私は未来の可能性についてあらためて考えてみようと思う。コンサルタントとしてではなく、SF作家としてでもなく批評家でもなく、コンサルタントでありSF作家であり批評家でもある視点から——似ているようで似ていない、同質でありながら異質の、単一的でありながら複数的な視点から——今、単線的に仮構され選びとられた、唯一無二の確定的な時間構造の間隙にこぼれ落ちた、亡霊のように不可視の領域を漂う、別様のあり方を伴う、無数の失われた未来を求めて。

Side A　未来

A1

音楽・SF・未来

——若林恵『さよなら未来』を読みながら

月に向かって手を伸ばせ。たとえ届かなかったとしても。

——ジョー・ストラマー（ザ・クラッシュ）

話されたこと、話されなかったこと

若林恵『さよなら未来　エディターズ・クロニクル 2010-2017』を読んでいる。読むのはこれで二回目——一回目に読んだのは昨日の夜のことだ。

一回目に読み終えたときに、私はこの本の書評を書こうと思った。何度か書き出しを書いて、すぐにやめた。書くことはできなかった。そしておそらくずっとそうだろう。この本について、誰が読んでも最善と思われる書評を書くこと——書かれたことに徹底的に寄り添い、厳密に内容を抽出し、その魅力を損なわず、気の利いた言葉とともに紹介すること——は、おそらく不

可能である。少なくとも私には。それは私の能力不足にもよるが、一方で、この書物自体がそうした性格を持っているのだとも考える。書評というのは、多かれ少なかれ書物の情報を縮減化する営みで、内容を要約し細部の豊かさを捨象し平板な語りの中に押し込める営みである。「それってどういうこと？」というシンプルな問いに対し、「それってこういうことだよ」とシンプルに答えるもの——書評というのは基本的にそうした性質を持つ営みである。しかし、書物の中にはそうした「それってこういうことだよ」という平板化を、原理的に拒否する構造を持つものがある。そして、本書はそうした構造を持っている。

「アーカイブというものは、説明や分類できないものがあるからこそ存在する。アーカイブ化された情報と情報の隙間に、おそらくなにかが語られている」。長い時間をかけて書かれ、時代の変化と書き手の変化をそのまま反映した本書は、その変化の間隙にこぼれ落ちた〈書かれなかった事物〉の存在さえもを示唆する、無限の拡張の可能性を湛えた構築物で、それは無数の鏡でできた巨大なコラージュのようで、どこをどう読んでみても、読みの数だけのいろんな形の自分の顔が映り込んでくる。私が私である限り、私の読む全ての文は私によって読まれるのだが、本書はつねに、その事実を読み手に対してつきつけてくる。

私は私から逃れられない。

私は、つねに私の読解を通して全ての文章を読むのであり、書かれた文章を、そこに書かれたままに、単に読むことはできない。決して。絶対に。

本書を読むといろんなことを思い出す。書かれたことを読みながら、その実私は私自身の顔を眺め、思い出と思い出が入り混じり、書かれたことをそのまま読むのは難しい。この文章を書き終えてなお、その感覚を拭い去ることはできず、今もまだ、私は本書の中で迷い続け、かつて自分だった自分の顔を眺め続け、私だった彼の担った思い出を思い出し続けている。

僕、パンクロックが好きだ

たとえば私は彼は子どものころ、パンクロックが好きだった。パンクロックが好きだ、とブルーハーツは歌ったが、それを聴くたびに、俺のほうが好きだよと、もう存在しないブルーハーツと無駄に張り合い悪態をついていた。

夕食の時間、テレビを点けるとテレビの中で、「そんなの関係ねぇ」と小島よしおが言っていた。「何これ」と母は言った。「変なの」。母はテレビを消した。それから母はパートに行っている工場でのできごとについて話した。工場主の息子が大学に受かり、実家を出て東京に行くのだと言った。「実は僕も、東京の大学に行こうかと思っとるんや」と言うと、母は不思議そうな顔をしていた。それからは何も言わなかった。

夕食を終えると風呂に入った。風呂の中で小島よしおのことを思い出した。風呂から出てベッドの中に潜り込むと、ヘッドホンをして、音量を上げて、パンクロックを聴いた。古いものも新しいものも聴いていた。パンクロックと呼ばれていないものも、かっこよければ勝手にパンクロックと呼んでいた。パンクロックが好きだった。一七歳だった。

唐突ながら、小島よしおはパンクである。当時の私はそう信じていたし、今振り返ってもそう思える。パンクをパンクならしめるイデア論的本質というものがあるならば、パンクロックにそれが内在するのと同様に、小島よしおにもまたそうしたイデア論的パンクの本質が内在するのだろう、と。私はそのように考えている。繰り返すが、小島よしおはまぎれもなくパンクである。

そんなの関係ねぇ——開き直り他者を突き放しわが道を歩むことへのその宣言が、ほとんど暴力的とも言えるほどの声量と時間と回数をかけて反復的に叫ばれるのは、二一世紀初頭の日本。ブーメランパンツを穿いた以外には何も着ない、筋肉質な肉体を曝け出した男がお茶の間に現れたのは二〇〇七年のことであり、彼——小島よしお——の代表作である「そんなの関係ねぇ／OPP（Ocean pacific peace）」は、低迷する日本経済と閉塞する労働市場への、ロストジェネレーションからの叫びであり、それはまさしく一九七〇年代後半、新自由主義へノーを突きつけ世界中を席巻した若者たちの叫び——パンク・ムーブメント——の反復であった。たとえば一九七六年、イギリスはロンドンで結成されたロンドン・パンクを代表するバンド"The Boys"の1stアルバム『The Boys』に収録された楽曲"I don't care（そんなの関係ねぇ）"は、次のような歌詞である。

ロックがどうとかロールがどうとか、俺にはそんなの関係ねぇ。
ビートがどうとかソウルがどうとか、俺にはそんなの関係ねぇ。
希望はねぇ。チャンスはねぇ。何もわからねぇ。
何をわかればいいかなんて、誰も何も教えてくれなかった。
希望はねぇ。チャンスはねぇ。でも別にそれでいい。俺にはそんなの関係ねぇ。

——The Boys "I don't care"

一九七〇年代のイギリスの若者たちには未来はなかった。市場原理と能力主義の断行によって激化した競争社会の中で、若者たちに仕事はなく、金はなく、怒りと不満だけがあり、それらをぶつける音楽だけがあった。パンクスたちには音楽だけが唯一の希望だった。多くの若者たちはそれに賭け、多くの若者たちはその賭けに負けた。

二〇〇〇年代の日本の若者たちにもまた未来はなかった。正規雇用の仕事はなく、年金制度は破綻し、老いた両親の介護が待っていた。三〇年前のイギリス人たちと同じように、仕事はなく、金はなく、怒りと不満だけがあった。言葉は無力で、放たれた言葉のうちのいくつかは、閉塞感の中で飛散し分解され消失した。

そして、そこに現れたのが小島よしおだった。彼の登場は——少なくともそのころの私にとっては——衝撃的で、「そんなの関係ねぇ」と高らかに宣言する彼のネタを初めて見たとき、私は、自分にとって叫ばれるべき叫びを、笑いという、ある種の市民権を得たパフォーマンスのありかたで公に表明するためのツールを手に入れたような心地がした。怒りと不満、やるせなさや切なさを笑いに変えること。笑いとして対象化し、切り離して共有し合うこと。笑うこと。それは人類が誇るべき、きわめて優れたコミュニケーションの形式である。

笑いについて、多言語翻訳作家として知られるエメーリャエンコ・モロゾフは、代表作『0-NSC』の中で次のように書いている。

「蔑みや怒りにはいくらかの情報があれば足りる。ただし笑いには知性を要する。理解できないものに出会ったとき、わからない自分へのストレスを抑圧すると対象への軽蔑を覚え、抑圧の露見しかかる痛みに人は憤怒する。しかし笑いとは、そのわからなさの意識化によって生まれるものだ。[…] 意識化、それを行うのが知性だ。わからなさから目をそらさずに様々な観点へと移動し、明らかだったはずの自我を形成する要素や要素どうしの関係性を絶えず再検討し、ときには意図的にでも倒錯を引き起こすことで何がどうわからないのかを明確にする。意識化されるそのわからなさに、笑いが生じる。[…] 人は他者を笑うことはできない。知性を持つ者は理解できないものの前で瞬時に別人となり、その際に置き去りとした、かつて自分だったものを笑っているのだ。学び問うのを止め変化を嫌うようになった者が怒りっぽくなるのは道理にかなっている」

昔話、音楽よりも前に届く音楽

ところで、昔は音楽を聴くとき、音よりも先に言葉があった。思い出をたぐりよせると、私はそのような記憶にたどり着く。

昔は、インターネットはなく、音楽を聴くにはCDを買うか、友達から借りるか、ラジオやテレビ番組をチェックするか、そのくらいの選択肢しかなかった。そして現実は、知られていない新しい音楽がラジオやテレビで流れることは少なかったし、友達が買う保証もなかったし、CDは値段が高く、子どものころには買えないことも多かった。

そこで、私や彼らは雑誌を読んで、雑誌に載っている言葉から音を想像した。ドール、ロッキング・オン、クロスビート、バズ、スヌーザー。本屋の棚には今よりももっとたくさんの雑誌が置いてあり、いろんな雑誌のいろんな音楽に触れることができた。

雑誌は安く、そのうえCDよりも先に発売された。雑誌にはレビューやインタビュー、ライブレポートが載っていた。子どものころはそうした文章群から音を想像し、想像した音を、頭の中で何度も聴いた。一冊の雑誌を何度も読み返し、表紙は破れてボロボロになった。表紙がちぎれ落ちてしまうと、お気に入りの記事が載ったページをハサミで切り取り、バインダーに綴じて仕舞った。バインダーの表紙には好きなバンドのステッカーを貼ったり、雑誌から切り抜いた綺麗な写真や絵をマスキングテープで貼って、即席のコラージュ作品を作った。どこへ行くにもそのバインダーを持ち歩き、ことあるごとに開いて読んだ。休み時間にこっそり読んだり、気の置けない友人たちに読み聞かせたりした。そのころの子どもたちは、聴いたこともない音楽についてみんなで話したし、みんなで話すことができた。それは楽しいことだったし、自由を感じられることだった。

経済的に豊かではない田舎の子どもにとって、音楽体験とは紛れもなくそれら一連の行為を指した。一九八九年生まれの私にとっては、つまるところ、雑誌を読むことこそが、音楽を聴く以上に音楽を聴くことだったのだ。

無題、あるいは雑談について

どうでもいい話ばかりをしてしまった。

私はどうでもいい話をするのが好きだ。いつもどうでもいい話ばかりして、人を飽きさせてしまう。人に飽きられてしまう。——これまでに、たくさんの人が目の前を通り過ぎていった。

けれど、これは書評だ。飽きられてはならない。たとえ私が飽きられたとしても、本について飽きられるのは本意ではない。書評は本のために書かれる。だから、本当は、こんな私のどうでもいい話などではなく、本の紹介をしなければならない。

人は私の人生などには興味はない。人はその人固有の時間を生き、その人固有の人生を生きている。好きなものに触れたり、好きな人と話したり、おいしいものを食べたり、仕事をしたり、そんな風に生きている。結婚をし、育児をし、介護をし、そうしているうちに人生は過ぎていく。時間は限られている。雑談はやめて、早く本題に入らなければ。

さよなら未来のこと、便宜的な要約

再び書評を試みる。

『さよなら未来　エディターズ・クロニクル 2010-2017』。それが本書のタイトルである。本書は、二〇一〇年から二〇一七年の間に書かれた、題材も切り口もバラバラな八一の断片的なエッセイから成る。

サブタイトルにあるとおり、本書は、技術思想誌／社会思想誌『WIRED』日本版の編集長として、テクノロジーと社会の関係、人類文明の今やこれからについて考え続けた、若林恵という一個の編集者による年代記である。七年間、それは人類の歴史にとってはわずかな時間だが、それは無意味であることを意味しない。当然ながら時間は流れ、時間の中で事件は起きる。事件は、個人の私的なものから、複数の人々にまたがる社会的なものまで、規模やありかたは様々ある。七年間、そのわずかな時間の中で、東日本大震災が起きて福島第一原発で事故が起きた。都市から光が消えた。誰もが言葉を求めたが、テレビは何も言わなかった。

そのとき人々はつながりを求めた。顔の見えない誰かであってもかまわない、自分の声を聞いてくれる誰かを求めた。SNSが爆発的に普及し、インターネット・カルチャーが新たなフェーズに移行した。インターネット上で、誰もが誰かに何かを言うようになった。何かを作って人に見せることができるようになり、何かを作って人に見せたい人々は実際にそうした。一億総クリエイターという言葉がささやかれるようになった。それまでは一人で音楽を作り絵を描き小説を書いて、それでおしまいだったが、今ではインターネット上でブログを書き音楽を作り絵を描き小説を書き、そしてそれを誰かに見せることができる。

そうして芸術は無料化し、アーティストは生活していくことができなくなった。音楽の分野では、売るための音楽の代わりに作りたい音楽が多く生まれた。自由で多様な音楽が、楽曲配信サービス上で大量に作られ聴かれるようになった。

「ニーズなんてクソ食らえだ。そんなの関係ねぇ。僕らは僕らの作りたいものを作る」。彼らはそんな風に考えていた。「そんなの関係ねぇ」のだと。

同じころ、ビジネスの分野でも新たな潮流が生まれていた。確度よりも速度が、製品よりも体験が、論理よりも物語が、そこでは求められ始めていた。古い考えを持った人々と新しい考えを持った人々の考えが、無数の断片となって——フェイクニュースや炎上ニュースと一緒になって——タイムラインの上を流れていった。

同じ時間を共有しながら混ざり合うことのない断片。

同一の根幹を持ちながら、分岐の果てで自らの起源を見失ったいくつかの事象。

それらの断片を観察し、言語化し、可視化し、分類し、整理し、一つの架け橋とすること——本書において五一一ページにわたりまとめられたそれらの断片は、一人の人間の眼差しの痕跡であると同時に、一つの歴史の証言となっている。

全ては同じ形をしている

もう少しだけ音楽の話をしたい。

それは私にとって、本書について考える唯一の方法だからだ。

私はずっと音楽をやりたいと思っていたし、実際に音楽をやっていたこともあった。そのときは、生半可な気持ちなどではなく、本当に真剣にやっていた。金も、時間も、体力も、精神力も、知識も、技術も、自分が使える範囲で使えるものは全て使った。人生の全てを総動員させていたと言ってもいい。

そのころはずっと音楽のことを考えていたし、あるいは何も考えず、ただ音楽の中に身を投じていた。映画を観たり、小説を読んだり、詩を書いたりすることもあったが、それはそれ自体が目的なのではなく、頭の片隅にはつねに音楽があった。自分の音楽を追求するためにそれらが必要だと思ったから、そうしたのだ。

私は二〇一二年に大学を卒業し、会社員になった。テクノロジーのことやシステムのことを考えるのが好きだったから、テクノロジーに関わるコンサルティング会社に就職した。

最初は仕事を覚えるのに必死で、毎日終電で帰ってきては、わけもわからずビジネス書や技術書、ＩＴ資格の参考書なんかをむさぼり読んだ。仕事と仕事のための勉強をしていると、私的に自由に使える時間はほとんどなくなった。そのころ、私だった彼は、寝ても覚めてもずっと仕事のことを考えていた。Excelの表に打ち込まれた、消えることのないいくつもの課題をながめ、解決の糸口を探し続けた。平日にはクライアントと議論をし、休日には調べ物をし、上司や同僚に電話をかけて質問をし、Excelを開いて情報を整理し、PowerPointで資料を作った。本棚を見ると、いつのまにか、学生時代に読んだ小説や批評や論文集よりも、仕事で読んだ参考書の冊数のほうが多くなっていた。けれどもそれでいいと思った。仕事とプライベートの境界はなくなり、生活の中のあらゆることがらを仕事に結びつけて考えるようになり、私だった彼はいつでもどんな場所でもビジネスの話をし、横文字を並べたてて話をしたが、それは満ち足りた感覚でもあった。それは幸せなことなのだと思ったし、自分はそれを幸せと感じる人間なのだと思った。生きている限り人生は続いてゆき、その中で人は、かつて知らなかったできごとに接し、それまでは知らなかった自分と出会う。当たり前のことだ。人は変わる。社会は変わる。歴史は動いている。そうしているうちに、私は彼は新しい生活にも少しずつ慣れていき、できることは着実に増えていった。自分が持っているものを誰かに分け与えたり、自分ができることをすることで、困っている誰かの役に立つと感じられることが増えていった。それは、純粋に楽しい経験だった。本当に。

もちろん、そのあいだに音楽はできなかったし、映画を観ることも小説を読むことも詩を書くこともなかったけれど、そんなことは些細な問題だった。これはこれで充実した生活なのだと思った。自分の人生はここにあるのだと思った。そのときは。

仕事ばかりの日々が三年ほど続いた。一つ目のプロジェクトが終わり二つ目のプロジェクトが終わった。

会社で新人と呼ばれなくなってきたころ、少しずつ自分で自分の時間をコントロールすることができるようになって、空いた時間でまた音楽をやるようになっていた。理由やきっかけはわからない。今ではもう思い出すことはできない。おそらく衝動的なものだったのだと思う。私は平日の、仕事が終わったあとの夜に曲を作り、休日にライブをするようになった。音源や動画をインターネットにアップロードし、知り合いが増えていった。人からライブに誘われたり、人をライブに誘ったりするようになった。知らなかった文化に触れた。ヴェイパーウェイヴ、ウィッチハウス、ハーシュノイズ・ウォール。いろんな人から、いろんな音楽を教えてもらった。楽しかった。楽しかった、とても。

二五歳の春に結婚をした。私は彼は曲を作り続け、ライブを続けていたが、結婚をしてからは自分一人で使える金額に限りができて、音楽にそれほど割けなくなっていた。そこには独身のころとはまた異なる限界があった。彼は、音楽のことよりも、夫婦の生活のことを考え、家族としての将来のこと——端的に言えば、子どものこと——を考えるようになっていた。

音楽はずっと聴いていた。そのあいだも、いろんな音楽を聴いていた。

パンクは自己否定と自己破壊、自己再定義の音楽だ。だからパンクを聴き続けるということは、ジャンル音楽として規定されたカテゴリの外へと出ていくことを意味する。パンクを聴くということは当然ながら、パンクを思いつつメタルと呼ばれるものを聴き、シューゲイザーやオルタナティブ・ロックを聴き、エレクトロニカやテクノ、ノイズやアンビエントやドローンを聴いていくということだ。

時代は二〇一〇年代も半ばにさしかかっていて、私は、カート・コバーンが自死した年齢にさしかかっていた。私は相変わらず音楽を聴いていたが、もうほとんどCDを買うことはなくなっていた。私はインターネットで音楽を聴いていた。YouTubeで、AppleMusicで、sound-cloudで、bandcampで、いつも新しい音楽を探していた。

そうした中で聴いた、Oneohtrix Point Neverことダニエル・ロパティンが二〇一五年に発表したアルバム『Garden of Delete』は、個人的な心情としても、単なる事実としても、私の人生を変えることになった。それはすごいアルバムだった。正直に言えば初めて聴いたときは作家が意図するところはほとんど理解できなかったが、それでもそれがすごいアルバムだということはわかったし、そこで鳴っている音楽が、新しくてかっこよくてマジでやばいということだけはわかった。理解を超えているということは、自分の理解力では追いつかないほどにその作品世界が巨大で複雑であるということを意味し、わからないことも含めて——というか、わからないということは、私にとって、素晴らしいと思うことの一つの条件なのだが——それは素晴らしい音楽だった。それは新しい音楽だった。未来の音楽だと思った。私はその音楽を聴いたとき、「こういう音楽がやりたかった」と思ったが、自分には絶対にできないだろう、とも思った。自分の能力の限界をまざまざと見せつけられ、「もうあきらめろ」と言われている気がした。自分がこれからどれだけの音楽を作っても、それは誰かの何番煎じであり、あるいは、何番煎じにもなれない劣化コピーにすぎないのだと、自分がこれから辿る運命を示されているように感じた。そして私は音楽をやめた。自分の身の丈に合った、自分にできることをしようと思った。けれど、私は音楽を続けたいと思っていた。

そして私は小説を書いた。それはSF小説だった。Oneohtrix Point Neverの音楽を、自分なりに小説に置き換えてみたらどうだろうか、と私は思い、そして実際にそうしてみたのだ。それはまだ誰にもやられていないことのように思ったし、幸い自分には文章が書けた。当時はそれが小説になるかはわからなかったし、試みが成功するあてはどこにもなかったけれど、少なくとも何かしら、たとえわずかであっても意味のある、ひとまとまりの小さな文章なら書けると思った。そのころの私は音楽活動はもうやめていて、音楽以外の何かが書けるだけの時間があった。こうして私は小説を書き始めた。小説は音楽に似ていた。音楽を聴いたり、音楽を作ることに似ていた。一つひとつの文にはリズムがあり、メロディのようなものがあったし、段落ごとにコードやハーモニーのようなものが流れていた。最初は気づかなかったけれど、私は、書きながら少しずつそのことに気づいていった。私は文章を書いていた。小説を書いていた。私は音楽を聴いていた。音楽のことを考えていた。小説を書いているとき、私はずっと、音楽を作ることについて考え続けていた。Oneohtrix Point Neverのことを思った。ダニエル・

ロパティンの音楽はSF小説のような形をしていた。それはおそらく、ダニエル・ロパティンの作る音楽が時代性というものを反映していて、現代という時代がSF小説のような形をしていたからだった。それならば、そうしたSF小説のような形をした音楽を聴きながら、SF小説のような形をした小説が書けないわけはないと私は思った。全ては同じ形をしていた。少なくとも私にはそう見えていた。私はその風景を書き留めていくだけでよかった。そうやって小説を書いていくと、私はようやく、自分が自分自身の音楽を作れているような心地がした。

年が明けて、小説が書き上がった。それが賞をとった。SFの賞だった。去年のちょうど今ごろ、二〇一七年の八月のことだ。

「あなたにとってSFとは?」と、今でも時々訊ねられることがあるが、私にとってSFとは――ダニエル・ロパティンの作る音楽と同様に――端的に言って、よくわからないものである。よくわからないものとは、部分的には把握可能だが、その全貌は誰にもとらえられない――そう、それは若林恵の書いた『さよなら未来』という書物のような――多様な解釈を許し、全ての読みが誤読になるような、認識の限界を超越した、巨大で複雑な構造物のことである。そして私はここに至り、ここにいる私はSF作家を名乗っている。だから今では、私もこうして、書評のような小説のような、何かよくわからない文章を書いている。私はSF的であるもの／

よくわからないものを目指して、よくわからない文章を書いている。

そのとき、私の頭の中には音楽が流れている。かつての私が音楽雑誌の言葉の中で聴いたように、今の私は、私の言葉で書かれた音楽を聴いている。私はそれを聴き、その音楽で小説を書いている。

音楽に心を動かされ、音楽について考え、音楽を聴いて、音楽を演奏してきたことが、今の私を作っている。私にはそういう感覚がある。

無関係だったはずのいくつかのできごとが、一つの現象に収斂していく様子を見ることがある。そのとき人は「バラバラに見えたあれらは全て、実はこの瞬間のための伏線だったのだ」と思う。現在という現象は遡行的に語られる。現在は、意味のあるものごとが一つひとつ丁寧に順番に積み上げられて生成されるのではなく、雑多に捨て置かれた無意味な断片が、現在という時間から編集され整理され意味のある体系として認識されることで初めて生成されるのである。では、未来についてはどうだろう。

未来はつねにすでにここに、とウィリアム・ギブスンは言った

人が未来と言うとき、それがイメージするものはなんだろうか。ポスト・インターネットの

文化や社会、ビッグデータやＩｏＴ、ＡＩによる自動化や効率化、ＡＲとＶＲ、量子コンピュータによる演算能力の向上、ロボットやアンドロイドとの共生、仮想通貨とブロックチェーン。あるいはシンギュラリティ。ブレイン・マシン・インターフェースによる義体化と電脳化。サイバースペースへのジャックイン。

多くの場合、おそらくそうした言葉が挙げられるのではないかと思う。そしてそれは先端的な技術のリストとしては正しいものである。それらは未来的な技術である。しかし、それらが未来そのものであることは決してない。それらは未来のビジネスや文化や社会に影響を与える技術だが、未来そのものではない。未来とは技術のことではない。未来とは、認識の変革に与えられたその名のことである。

たとえばインターネットは情報革命だったのだろうか、それは一五世紀の活版印刷術とは何が違うのだろうか。

ＳＮＳでのコミュニケーションは、一六世紀のコーヒーハウスでの議論から何かが進んでいるのだろうか。

あるいは、一〇万年前に言語が生まれて以降、人はそれを超える技術を作ったことはあっただろうか。

そもそも、人は言語を用いて何かを作っているのではなく、言語が人を用いて人に何かを作らせているのではないだろうか——本書は読者にそう問いかける。人が生み出す情報や技術、テクノロジーやビジネス。それは端的に、技術であり技術の組み合わせであり、それ以上でもそれ以下でもない。未来そのものである未来はそんなところにはなく、そんなものであるはずがない。未来とは、新たな視点で眺め直された今のことであり、自己否定と自己破壊、自己再定義が行われる営みのことである。

ビジネスやテクノロジーの世界には、破壊的イノベーションという言葉があり、市場構造を抜本的に変えうるテクノロジーやビジネスモデルを指す言葉だが、私から言わせれば、それは既存のテクノロジーや既存のビジネスの延長上で生まれるものでもなく、否定と破壊、再定義を試み続けるパンク・スピリットによって成される物事にほかならない。服を脱ぎ捨て裸になって「そんなの関係ねぇ」と叫ぶということ。過去に別れを告げること。今に別れを告げること。わかることでわかろうとしないこと。何もわからないということ。何もわからないことを引き受けるということ。

さよなら未来、と本書は言う。本書は未来に別れを告げるための本である。

「未来はつねにすでにここに」とSF作家ウィリアム・ギブスンは言った。
「自分がもらったものを分け合うドラマ。未来は俺らの手の中」とブルーハーブは歌った。
そして、「人を動かす新しい体験をつくろうとするとき、人は「動かされた自分」の体験を基準にしてしか、それをつくることはできない」と若林恵は書いた。「未来を切り開くことと「自分が心動かされたなにか」を継承し伝えることは同義だろう」

あるいは本書は次のように問う。「テクノロジーが変わることで、人間や社会が変わるのか。あるいは人間や社会が変わることで、テクノロジーのありようが変わるのか。音楽好きならば、エレキギターがロックの世界を変えたのか、それともジミヘンが変えたのか、と問うてみてもいいだろう」。以上の問いに対し、本書は次のように続けている。「一番慎重な答えをとるならば、「両方」ということになるのだろうが、それでもぼくはどちらかといえば「ジミヘンが変えた」というほうに幾分か傾斜しておきたいと思っている」

私もまた、こうした立場をとる。エレキギターが誕生し、多くの若者がその新しい楽器を手にとったが、誰もジミヘンのように弾こうとはしなかった。知っていることを反復し、知らないことを知ろうとはしなかった。見たことのないようなやりかたでギターを弾き、聴いたこともないようなノイズを面白いと思おうとはしなかった。

それは私にとっても同様で、私はパーソナル・コンピュータを持っていたし、ソフトウェアのシンセサイザーを持っていた。簡単なプログラムを書いて、電子音のシーケンスを組むことができた。サンプラーを持っていてエフェクターを持っていた。それだけの機材を使って、私が作る以前には存在しない音楽を作ることだってできたはずだった。けれど、私は根本的にはそうすることはできなかった。Oneohtrix Point Never／ダニエル・ロパティンの音楽を聴いたときに、私はそれを確信した。

OPN。ダニエル・ロパティン。彼の音楽は、既成の音楽ジャンルや既存の価値観の延長上に立とうとするのではなく、既存の音楽や音楽にまつわる価値観を成立させている原理を問い、原理的なレベルから、自分自身の音楽を作り出そうとしていた。それは五〇年前のジミヘンと同じ営みで、エレキギターを手にした多くの若者がジミヘンになれなかったのと同様に、私はダニエル・ロパティンにはなれず、未来を作ることはできなかった。

アーカイブとアーカイブの隙間で消えていった多くの若者たちと同じテクノロジーを用いながら、ジミ・ヘンドリクスはジミ・ヘンドリクスになり、ダニエル・ロパティンはダニエル・ロパティンになった。結局のところそこにあるのは未来を作るテクノロジーなのではなく、未来を作ろうとする意志であり勇気であり、それらを持って行動を起こした個人なのだ。「歪みを是正し克服していくのは、あくまでも生きた人間にほかならない」と本書は書いている。「結局のところ、音楽で言うならば、デバイスやサービスの進化は、音楽の進化とは関係がないのだ。それを商品化し換金するためのシステムが変わっても、アーティストがやるべきことは変わらない。聴いたことのない、フレッシュな音楽をつくること。ピリオド」

パーソナル・コンピュータの父、アラン・ケイは「未来を予測する最善の方法は、自らそれを創りだすことだ」と言った。

そうだとすれば、やることはシンプルだ。エコノミストや評論家が予想する未来に別れを告げること、自分で手を動かして何かを作ること、自分がもらったものを誰かと分け合うこと、自らの手でドラマを動かすこと——そうしないうちは、世界はいつまでも変わらない。

良くも悪くも、未来はすでに与えられており、今なおこうして与えられつつあるのだから。

A2

ディストピア／ポストアポカリプスの想像力

物語は虚構によって現実を映し出す。SFという物語形式はそうした性質を強く持つ。

ポスト・トゥルースの時代と呼ばれて久しい――手垢にまみれた表現ながら、今でもまだ、これからもしばらくは、そうした時代認識を採用せざるを得ない世界を、私たちは生きている。ポスト・トゥルース。真実以後。書き換えられ置き換えられた、信仰による「小さな真実」の乱立する時代。そして今、そうした時代にあって、SF――その中でも特に「ディストピア」や「ポストアポカリプス」と区分されるサブジャンル――が再び注目／評価されている。最も卑近な例として、それにまつわる文章が、ここでこうして私に書かれ、そしてあなたに読まれているように。

その他の例を確認する。一つにアメリカ。二〇一六年の大統領選においてフェイクニュースとオルタナティブ・ファクトの嵐が吹き荒れ、ポスト・トゥルースの最大の震源地となったその国では、トランプ政権樹立以降、ジョージ・オーウェル『一九八四年』、オルダス・ハクススリー『すばらしい新世界』といったディストピアSFの古典が再評価されベストセラーになっている。映像作品に目を向ければ、二〇一五年にはポストアポカリプスの傑作『マッドマックス　怒りのデス・ロード』が、「マッドマックス」シリーズ二七年ぶりの続編作として話題になり、また、二〇一五年にグローバルでのサービス展開を開始して以降急速な発展を遂げ、現在では世界一九〇ヶ国で一億人以上の会員を擁する映像配信サービス「Netflix」においても、日々配信される多くのオリジナル映像作品のうち、『ブラック・ミラー』や『ヴァン・ヘルシング』など、ディストピア／ポストアポカリプス的世界設定を舞台とした人気作は少なくない。

そして日本。私が生まれ育ったこの国においてもその傾向は同様であり、具体的な作品名を挙げれば枚挙にいとまがない。当然ながら『一九八四年』にも『すばらしい新世界』にも再評価の流れがあり、後者は二〇一七年に新訳・新装版が出版されている。また、日本独自の例を挙げるとすれば、二〇〇〇年代後半から二〇一〇年代にかけての伊藤計劃『虐殺器官』『ハーモニー』のヒットや二〇一二年の『魔法少女まどか☆マギカ』のヒット、二〇一七年の『けものフレンズ』のヒットといったように、ディストピア／ポストアポカリプスを描いた物語を評価する現象が起きている。伊藤計劃作品はその後、円城塔によって書き継がれた『屍者の帝国』も加え、二〇一五年から二〇一七年にかけて漫画化・アニメ映画化され、再びブームを巻き起こした。

こうして概観すると、ここ一〇年で、日本のMAG（マンガ・アニメ・ゲーム）の想像力は、二〇〇〇年代を代表する「日常系」から二〇一〇年代の「ディストピア／ポストアポカリプス」へと移行していることがわかる。補足すると『魔法少女まどか☆マギカ』はディストピアSFであり、『けものフレンズ』はポストアポカリプスSFとして知られている。両者ともに、SFファンの投票によって選考されるSFの賞「星雲賞」の受賞作でもあり、ディストピアSF／ポストアポカリプスSFとしての評価は高いと言い切ってしまって過言ではない。なお、こうした作品群に関する評価の傾向を主張の根拠とすること及び、一般論としての疑義を持たれる向きには、ぜひともGoogleをご利用されることを推奨したい。ためしにGoogleトレンドで「ディストピア」「ポストアポカリプス」を検索していただければ、それらの単語の検索数が、過去一〇年間で急激に右肩上がりになっていることがおわかりいただけるはずである。そこでは、ディストピアとポストアポカリプスを知ろうとする欲望が――あるいは、それらを通して「何か」を知ろうとする欲望が――一本の折れ線グラフとなって可視化されている。

ディストピア／ポストアポカリプス。これらの言葉は現代を読み解くための思想的キーワードである。そう断言してしまって相違ない。私たちは今、これら二つのSFジャンルの担う想像力を借りて、現代という時代――無数のフェイクにまみれたポスト・トゥルースの時代――をとらえなおそうとしている。本稿はそうした認識を前提とし背景とする。

そうした背景を踏まえ、それら二つのジャンル定義とその特徴、歴史的・社会的な事象との関係について整理し考察し紹介することを目的に、本稿は書かれている。

ＳＦというジャンル自体がそうなのだが、そのサブジャンルともなるとさらに、未定義のままに論じられることが多い。「ディストピアＳＦ」も「ポストアポカリプスＳＦ」も、未定義のままに、語彙の纏うイメージのみをたよりに、しばしば混同して語られる。しかしそれは無理もないことだ。それらの概念は、同じ出自を持つ兄弟のような関係性にあるからだ。両者は似て非なる概念であるものの、簡易な区分が可能かと言えばそうではなく、混同されても仕方がない。

両者は同じ出自を持つがゆえに、類似の構成要素を持ち、類似の問題意識を持ち、相互に影響を与え合っている。両者は独立した概念ではなく、相対的な概念であり、作品を構成する要素の比率によって措定される、仮設的な概念なのだ。そしてその構成要素とは、作品内におかれた「政府」または「社会」、あるいはそれに類する役割のことである。両者はともに「政府／社会」の役割を問題意識の中心に据え、その役割の比率によって自らの物語（の傾向性）を規定する。ＳＦのＳはScienceとSpeculativeを指していると言われるが、そこにSocialを加えてもいいかもしれない。科学と社会と思弁の三点は、それぞれに不可分な関係にあり、相互に複雑に絡み合い、ＳＦと呼ばれる一つの想像力の結晶を構成しているのだ。

ＳＦ＝ソーシャル・フィクションとしてのディストピア／ポストアポカリプス。それらをさらに分節化して定義すると、「大きすぎる政府／社会」に焦点を当てた作品がディストピア的であり、「小さすぎる政府／社会（または政府／社会がない）」ことに焦点を当てた作品がポストアポカリプス的である――ひとまずはそう言うことができる。むろん、それは一つの静的な断面に対する評価にすぎず、作品の中でそれらの要素の位置づけは流動的に変わり続ける。その作品にとって、何をもって「政府／社会」とするか。どこからを「大きい」とし、どこからを「小さい」とするか。作品内に書かれたすべてのテクストと、作品と読者のあいだで発生する思考のすべてにおける構成要素を分解し、要素の比率を定量的に計測できない以上、それらの定義は不変の定理にはなりえない。それらの想像力は根を同じくする以上、ディストピアの前日譚としてポストアポカリプス的なエピソードが置かれたり、ポストアポカリプスの果てにディストピアが誕生するというエピソードが展開されるなど、作品の中でコインの表と裏のように入れ替わることが多くある。そうした作品について、明確な太い線を引くことは難しく、またそうする必要もなければそうするべきでもない。似て非なるものでありながら混同されつつ語られるのは、以上の性質――同根であり親和性が高いという性質――によるところが大きい。

ただし、ゆるやかな傾向としてならば、私たちはそこに、一本の、細い、半透明の、かすかな線を引くことができる。

今ここにある現実の前提を揺るがす何かの事象――災害や戦争や大事故、あるいは宇宙人の侵略やシンギュラリティへの到達――が発生したとき、政府／社会はその事象に対応するための岐路に立たされる。すなわち、管理を強化するか管理を緩和するか（または管理できないか）という岐路に立たされる。そして、その分岐の一方がディストピアと呼ばれる物語の傾向を、他方がポストアポカリプスと呼ばれる物語の傾向を纏う。私たちはそうした傾向を、さまざまな作品から読み解くことができる。

ディストピアは社会の過剰を語り、ポストアポカリプスは社会の不足を語る傾向にある。こうした思考をもってして、私たちは、ひとまず暫定的にディストピア／ポストアポカリプスを切り分けることが可能になる。両概念はそのようにとらえることができ、そのようにのみとらえることができる。

SFはつねに社会とともにあった。それはディストピアであれポストアポカリプスであれ同様で、つねに時代を映す鏡として機能した。一八九五年に発表された世界初のディストピア小説『タイムマシン』（H・G・ウェルズ）は、産業革命を成し遂げ一見華やかに見えた一九世紀イギリスの暗部――経済格差の拡大と労働問題――に焦点を当てており、世界初のポストアポカリプス小説と言える『最後の人間』（メアリー・シェリー）は、コレラが世界的に流行した一八二六年に発表された。コレラは元来ガンジス川下流の風土病であり、その他の土地にはなかったが、イギリスの近代化とインド支配によってヨーロッパに持ち込まれ、テクノロジーの発展と貿易の速度・範囲の拡張により地球全域にもたらされた疫病として知られている。そうした意味では『最後の人間』もまた、『タイムマシン』同様に、近代化に従い変わっていく社会の暗部を描いた作品と言える。――ところでこれは蛇足だが、H・G・ウェルズはSFの父と呼ばれ、メアリー・シェリーはSFの母と呼ばれている。SFの父と母の作品、SFという物語形式の歴史のそのはじめから、ディストピアとポストアポカリプスという二つのジャンルが既に内包されていたのかと思うと、感慨深いものがある。これはこの文章を書きながら気づいたことだ。

話を続ける。以上の通り、時代の流れとSF的想像力は不可分の関係にある。一方で、再びそれらの想像力が注目されている今という時代はどういう時代なのか。簡単に確認してみよう。

毎年一月、世界中の政治家・企業家・学者・NGOが集まり討議する会議「世界経済フォーラム」では、会議に先立ち、その先一〇年間で起こり得るリスクを取りまとめた「グローバルリスク報告書」を公表している。報告書は、世界全体のリスクのメガトレンドを示しており、時代の不安や懸念を大枠でとらえることの役に立つ。二〇一九年版の報告書では、「気候変動による極端気象」「気候変動の緩和・適応の失敗」などの常連とも言えるリスクのほか、「エコーチェンバーとフェイクニュース」、「サイバー攻撃によるインフラの破壊」など、ここ二年ほどで台頭してきたテクノロジーと社会に関わる項目が、リスク予測の上位に食い込んできている。これらに鑑みると、今という時代は地球的規模での環境的リスクと、真実が失われた社会的リスクを抱えた時代なのだと言うことができる。それらのリスクは「人新世」や「ポスト・トゥルース」、あるいは「加速主義」や「新反動主義」といった思想的トレンドとも響き合い、そして冒頭触れたように、フィクションの想像力とも響き合っている。

今、何かが大きく変わろうとしている。テクノロジーが、社会が、政治が、文化が、あるいはそれらのすべてが。一九世紀の産業革命期のように、二つの大戦のときのように、冷戦時代のように、私たちを取り巻くあらゆる前提が変わろうとしている——私自身はそんな風には思わないのだが、そうとらえる人々は多く、SF的想像力はそうした時代の空気を作品の中に溶け込ませる。

『一九八四年』では政府によって言語の収奪と思考の統制が行われ、『すばらしい新世界』では、ソーマと呼ばれる薬品によって人為的に情緒がコントロールされる。『マッドマックス 怒りのデス・ロード』では、放射能汚染によって短命を余儀なくされた人々がカルト宗教に身を捧げ、『ブラック・ミラー』では、SNSの評価が人間としての評価に直結する評価経済格差社会が描かれる。『虐殺器官』『ハーモニー』といった伊藤計劃作品では、自分が自分であることと不可分な器官／機関（言語／WatchMe）が、自らの意志を抑圧し統制するものでもあるという逆説が描かれ、『魔法少女まどか☆マギカ』では自らの意志で滅亡への道を選び取らされる少女たちが描かれる。『けものフレンズ』では人類滅亡後の世界で、「フレンズ」と呼ばれる非人類たちが人類と同様の「叡智」を獲得していくことで、人類が辿った滅亡のシナリオが反復されることが示唆される。

そして、これらの想像力は決して新しいわけではない。ここには、産業革命の時代にSFが書かれ始めたことと類似の反復がある。

歴史が反復するのと同様に、想像力もまた反復する。そして私たちは、こうして反復する物語から、反復する時代を、自分たちを取り巻く現象を、社会を、世界を、つかまえなおそうとしているのだ。私たちは虚構を通して現実について思考する。それはまさしく、その想像力が、「現代の思想」であるように。

今は二〇一九年。ジャン＝フランソワ・リオタールが『ポスト・モダンの条件』を発表してからちょうど四〇年が経つ年である。四〇年という歳月は長く、「ポストモダン」という言葉は今や、ある種の懐かしさすらも覚える、使い古されたクリシェとなっている。しかし、大枠で言えば、フェイクニュースやポスト・トゥルースといった事象、加速主義や新反動主義といった新たな思想潮流の台頭は、長いポストモダン化の一つの現れであると解釈することができる。

あるいは単に近代化の進行と言ってもいいかもしれない。近代化とは技術革新への信仰と、それに伴う社会の変化の名である。そして、人類が近代文明を保持し信じ続ける限り、ディストピアやポストアポカリプスなどのSF的想像力が今後弱まっていくとは考えにくい。そこにはつねに自然の抵抗——地球環境の論理、生命と身体の論理、宇宙の論理——があり、政治や社会など、人間の論理とのあいだで軋轢が発生するからだ。

どこかに何かの軋轢があり、違和感があり、息苦しさがある限り、私たちは私たちのためのフィクションを語る――むろん、そこには、思想の統制がなく、出版物の検閲がなく、私たちが人類の姿をしている限りにおいて、という条件があるのだが。

人類文明が続く限り、物語は続いてゆく。物語が終わるとき、それは人類文明が終わるときだろう。現実のディストピア化やポストアポカリプス化が進んだとき――全体主義的な政府が台頭し、思想統制が強化され想像力が奪われたとき。あるいは右派加速主義者たちが言うようにシンギュラリティへの到達が現実化したとき。理性の時代が終わり、暗黒の時代が訪れたとき――いつかそうした日が訪れたとき、私たちの想像力は潰え、ディストピアやポストアポカリプス、SFの物語は、もう二度と、書かれ読まれることはなくなるだろう。

A3

生きること、その不可避な売春性に対する抵抗
——マーク・フィッシャー『資本主義リアリズム』

世界の終わり、失われた未来の亡霊

K-Punk。横に並んだ六つの記号。一見すると無意味な文字列。解を急げばKはKyberの頭文字、KyberはCyberの起源となったギリシャ語で、つまるところK-Punkとは「サイバー・パンク」を意味している。Kyber-PunkとしてのCyber-Punk。さしずめそれは「真のサイバー・パンク」、あるいは「原理主義的サイバー・パンク」とでも訳せるだろうか。

しかしながら、その言葉は何よりもまず、マーク・フィッシャーのブログの名として知られている。

マーク・フィッシャー。理論家。批評家。それからブロガー。

抵抗としての批評と、そしてその先にある、出口のない無力と絶望について徹底的に思考した著述家。

彼は二〇〇〇年代から二〇一〇年代におけるK-Punk名義でのブログ執筆活動のほか、一九九〇年代にはD-Generationと名づけられたテクノ・ユニットにおいて音楽活動を展開した。あるいは一九九〇年代のウォーリック大学で——今では右派加速主義の始祖として知られる——ニック・ランドやセイディー・プラントとともに、「サイバネティック文化研究ユニット（Cybernetic Culture Research Unit, CCRU）」と呼ばれる研究グループの設立に参加し、現代思想やSF、映画やテクノミュージック等を混交した、学際的で横断的な言論を展開したことでも知られている。

本書『資本主義リアリズム』の著者である、イギリス生まれ・イギリス育ちのその書き手は、一九六八年——文化と政治の時代——に生まれ、一九八〇年代と一九九〇年代——マーガレット・サッチャーとネオリベラリズムの時代——に青春時代を過ごし、そして二〇一七年——ビジネスとマネジメントの時代——に、自らの手でその生涯を終えた。

妻が彼の亡骸を発見したとき、彼は四八歳だった。それは彼の最後の本となった『怪奇と不気味（The Weird and the Eerie）』が出版される直前のことだった。そのとき彼は新しい本に手を着けはじめてさえいた。『アシッド・コミュニズム（Acid Communism）』と題される予定だったその本は、一九六〇年代のカウンターカルチャーを中心に、彼が生涯魅了された、映画や音楽などのポップカルチャーについての記録と記憶をまとめたものとなるはずだった。本は未整理のまま——代わりにK-Punk名義で投稿された無数のブログポストや、エッセイや、インタビューや、書きかけの草稿の断片が集められた未完のアンソロジーとして——『K-Punk——マーク・フィッシャー作品集2004-2016（K-punk: The Collected and Unpublished Writings of Mark Fisher〔2004-2016〕）』と題され出版された。彼の死の翌年、二〇一八年のことだった。

死によって、彼は彼自身の未来を自ら永遠に奪った。

けれど本当は、それよりもずっと前から未来は失われていたのだとも言える。『資本主義リアリズム』の中で、マーク・フィッシャーは「資本主義の終わりより、世界の終わりを想像する方がたやすい」と書いている。そして彼は実際に世界の終わりを想像していた。彼は資本主義の終わりについて書くことはできなかったが、世界の終わりについては書くことができた。彼は「ノー・フューチャー2012（No Future 2012）」と題されたブログ・ポストの中で、終わったあとの世界を、次のように描写している。

「未来はどこにもない。
その未来のなさは、かつて期待されていたものですらありえない。

私たちは今、雑草の生い茂った、リーバレーの工業地帯を歩いている。それはまるで世界の終わりのようだった。

いや、実際のところ、世界はとうの昔に終わってしまっていたのだ。

人類のいなくなった世界では、打ち捨てられた工場とゴミの山が連なっている。

牧草や水藻が、まるで人工的に象られたかのような、分厚い層を形成している」


K-Punk。マーク・フィッシャー。カウンターカルチャーの時代に生まれ、ネオリベラリズムの時代に育ち、資本主義リアリズムの時代を戦った彼にとって、未来とはとうの昔に奪い去られた幻のようなものだった。かつて夢見られた未来はどこにもない——彼はそう考えていた。未来はなく、もうやってくることはない、かつて未来だったものの幻影の中で私たちは戯れているにすぎず、私たちは失われた過去の亡霊に憑かれているのではなく、失われた未来の亡霊に憑かれているのだ、と。

『資本主義リアリズム』は二〇〇九年に発表された。今は二〇一九年——それから一〇年が過ぎた。今では、失われた未来の亡霊に取り憑かれていたのは彼だけではないことがわかっている。二〇一九年の都市には失われた未来の音楽が流れ、失われた未来のテレビ・コマーシャルが流れている。リバイバル・ファッションがショーウィンドウを飾り、テクノロジーが「明るい未来」を語らなくなって久しい。未来に向けて約束されたものは何もない。未来はとうに死んでいる。

亡霊は、今では都市全体を覆い尽くしている。

拡大する闘争領域とその欺瞞

『資本主義リアリズム』。タイトルとなったその言葉はマーク・フィッシャーの言葉ではない。それはスラヴォイ・ジジェクとフレドリック・ジェイムソンの二人の思想家の理論を補助線としている。本書は、古典的とも言える資本主義への認識——自己保存と自己拡張を永久に繰り返すシステムであること——を再確認し、資本主義があらゆる事象に浸透していった過程とその結果、資本主義のオルタナティブについて思考することさえも奪われた、出口のない現代について描出する。「資本主義リアリズムとは、「資本主義が唯一の存続可能な政治・経済的制度であるのみならず、今やそれに対する論理一貫した代替物を想像することすら不可能だ、という意識が蔓延した状態」のこと」なのであり、それは自らを普遍的な法則として定義し、私たちにそれに従うことを求める。

それはまさにミシェル・ウエルベックが描く「拡大する闘争領域」のように、変幻自在に姿形を変えながらあらゆる場所に浸透し、拡大し、私たちに「あらゆる分野での闘争」と「勝利のための不断の努力」、それからそうした「闘争領域」への参加に対する「服従」を強いるものだ。

あるいはアントニオ・ネグリとマイケル・ハートの〈帝国〉を持ち出してもいいだろう。すべては符号化され、管理可能な単位に分解され、接続され、組織化され、境界を超えてネットワーク化され、ビッグデータとして解析され、次なるマーケティング施策のためにマネジメントされる。資本主義リアリズムはそれを所与の前提として取り扱い、ニヒリズムによって再帰的に強化する。

そこには逃げ場はない。出口はない。そこではあらゆるものが値付けされ売買される。青春は商品になり、恋は商品になり、性愛は商品になる。誰もが「私を買ってください」と主張し、自分の持つ何かを切り売りしながら生きている。

たとえば筆者も、まさに今この瞬間に、思考と呼ばれるある種の情報を切り売りするために、この文章を書いている。

「資本主義リアリズム」とは要するに、生きることとの不可避な売春性について、不可避であると信じさせられていることを指す。

そして『資本主義リアリズム』という本は、そうしたリアリズムの欺瞞を暴く／暴こうとする——抵抗のための書物である。

『資本主義リアリズム』は、次のように主張する。

「資本主義リアリズムがこうも網羅的で、現在の抵抗の形がこうも絶望的かつ無力であるのなら、実のある異議申し立てはどこから来るのだろう？　資本主義がいかに苦しみをもたらすかを力説するモラル的な批判は、資本主義リアリズムを増長させるだけだ。貧困、飢餓、戦争は、現実の避けられない一面として描かれ得るが、こうした苦しみを無くせるかもしれないという希望となれば、しばしばナイーブなユートピア主義のレッテルを貼られてしまう。資本主義リアリズムを揺るがすことができる唯一の方法は、それを一種の矛盾を孕む擁護不可能なものとして示すこと、つまり、資本主義における見せかけの「現実主義」が実はそれほど現実的ではないということを明らかにすることだ」

マーガレット・サッチャーはかつて「この道しかない」と言った。しかし本当に「この道しかないのか？」と本書は問いかける。

「この道しかないのか？」。本書の副題にも掲げられているその言葉について、フィッシャーは「ノー」と断言してみせる。そして本書においてもいくつかの解答を与えている。たとえば「官僚主義からの離脱」、そして「公共サービスのビジネス・オントロジーからの解放」、それから「メンタルヘルスを政治闘争の場とすること」。

そして本書は次のような希望の言葉でしめくくられている。

「歴史の終わりというこの長くて暗い闇の時代を、絶好のチャンスとして捉えなければならない。資本主義リアリズムの蔓延、まさしくこの圧迫的な状況が意味するのは、それとは異なる政治・経済的な可能性へのかすかな希望でさえも、不相応に大きな影響力を持ち得るということだ。ほんのわずかなできごとでも、資本主義リアリズム下で可能性の地平を形成してきた反動主義の灰色のカーテンに裂け目を開くことができる。どうにもならないと思われた状況からこそ、突然に、あらゆることが再び可能になる」

かつてそこには希望があった。

資本主義のオルタナティブとして、別様の未来が切り開かれる可能性が描かれていた。

それはマーク・フィッシャーの描いた一つの夢だった。それは現実ではなく夢だったが、少なくとも論理的な夢だった。それは十分に現実化し得ると言えるものであり、十分に、現実化に向けて検討する価値があると言えるものだった。

しかしながら、それを描いたフィッシャーは死んだ。別の道が現実化するのを見る前に。

今ではフィッシャーはおらず、未だオルタナティブは現実化していない。

NIRVANAのカート・コバーンについて、フィッシャーは「(コバーンにとっては)成功さえもが失敗を意味した。というのも、成功することとは、システムを肥やす新しいエサになることにすぎないからだ」と書いたが、彼自身もまた、そうした逆説――パンクロックでロック・スターになることはパンクではないという逆説――と類似の構造にからめとられ、存在論的不安に苛まれていたように思える。再帰的無能感。闘争領域の拡大。すべてに経済競争が強いられるということ。生きることの不可避な売春性――彼自身はそれらの欺瞞を暴くことはできたが、戦い抜くことはできなかった。

メンタルヘルスとセルフ・ヘルプの精神

生前、フィッシャーは重い鬱病を患っていた。生涯を通して希死念慮と戦っていた。彼はメンタルヘルスと資本主義の関係について考えていた。彼は鬱とともに生き、彼は鬱とともに、資本主義の時代に生きることの、その不可避な売春性について書き続けていた。

「メンタルヘルスはなぜ政治的課題か（Why mental health is a political issue）」と題された論考で、彼は「鬱病の増加は、現代を覆うアントレプレナーシップの負の側面だ」と書いている。「自主自立の精神を強要された者が、突き進んでいった先で壁にぶち当たったとき、何が起こるだろうか――誰も助けてはくれない。与えられるのは非難だけだ。オリバー・ジェームスの『利己的な資本主義者』にあるとおり、アントレプレナーシップのファンタジーに覆われた世界では、勝者だけが存在価値があるのだと教えられる。そして、勝者には誰もが――身分や民族やあらゆる社会的背景は関係なしに——努力次第でなれるのだと教えられる。勝てなければ孤独と非難が待っている。そして今や、あらゆる場所で同様の構造が見られるようになっている。今やストレスさえもが民営化されている。私たちはそうしたストレスの民営化に抵抗し、メンタルヘルスを政治的課題として認識し、強く訴え続けていかなければならない」

現代の鬱病に関する研究は、鬱病が「気の病い」ではなく「脳の病い」であると——脳内における物質論へと「素朴に」還元しうるのだと——今なお盛んに主張している。現代の鬱病の臨床・研究現場は、「モノアミン仮説」と呼ばれる仮説——鬱病とは、神経伝達物質のうち、セロトニン、ノルアドレナリン、ドーパミンといった、モノアミン類と呼ばれる物質の均衡が、一時的に崩れることによって発生する病いであるという仮説——に、ほぼ支配的に覆われている。

心療内科や精神科に行って鬱病と診断されれば、レクサプロなどの抗鬱剤が処方される。神経伝達物質の量によって病いが引き起こされているのならば、薬によって神経伝達物質の量を操作すればよい、というわけだ。

本書においてもフィッシャーは、メンタルヘルスについて多くの言を費やしている。たとえばそれは次のようなものだ。

「現在において支配的な存在論では、精神障害に社会的な原因を見出すあらゆる可能性が否定される。この精神障害を化学・生物学化していく潮流はもちろん、精神障害の脱政治化と厳密に相関している。精神障害を個人の化学的・生物学的問題とみなすことで、資本主義は莫大な利点を得るのだ。第一にそれは、個人を孤立化させようとする資本の傾向を強化させる（あなたが病気なのはあなたの脳内にある化学物質のせいです）。第二にそれは、大手の多国籍製薬企業が薬剤を売りさばくことのできる、極めて利益性の高い市場を提供する（私たちの抗鬱薬SSRIはあなたを治療することができます）。すべての精神障害が神経学的な仕組みによって発生することは論を俟たないが、だからといってこのことはその原因について説明するものではない。例えば、鬱病はセロトニン濃度の低下によって引き起こされるという主張が正しいとすれば、なぜ、特定の個人においてセロトニン濃度が低下するのかが説明されなければならない。そのためには社会的・政治的な説明が求められるのである。そしてもし左派が資本主義リアリズムに異議申し立てを試みたいのであれば、精神障害を再政治化していくことが緊急の課題になるだろう」

神経伝達物質の均衡が崩れたとしても、「なぜ神経伝達物質の均衡が崩れたのか」ということは考慮されない。それが引き起こされた契機——資本から要請されてのあからさまな過労、あるいは親しい人々との別れや出会いのようなライフイベント——が、十分に取り扱われていることは言いがたい。人生の苦難にともなう不安感や焦燥感、無力感や絶望も、鬱病の発症の大きな要因となっているには違いない。

しかしながら――鬱病は明らかに個人と社会との摩擦によって引き起こされるものであるにも関わらず――精神科医療は、鬱と社会的・社会心理的要因との因果関係ないし、関連について検討することはない。患者の直面する根本的な問題に対処する、あるいは対処を支援する姿勢はほとんど見られない。それは彼らに与えられた仕事が「病気を治す」ものなのだから当然で、彼らからすれば「社会課題について考察するのは自分たちの仕事ではない」ということになる。壊れたネジを直して再び工場に届けるのが彼らの仕事なら、ネジが壊れる工場で何が起きているかなど、彼らが知ることもなければ知る必要もない。ネジは壊れ、彼らは直し、直したネジを工場に送り返す。ネジは再び壊れ、彼らは再び直し、再び工場に送り返す。ネジは壊れる。彼らは直す。ネジは壊れる。繰り返し。

サッチャー以降の世界では、そうした問題は社会的に解決されるものではなく、あるいは他者の支援を必要とするものではなく、「セルフ・ヘルプ＝自助努力」によって解決されるものだとされた。

健康を崩すのはセルフケアが足りていないのである。成功できないのは自己啓発が足りていないのである。あらゆるものごとにはマネジメントが適用され、マネジメントによって成功に導かれる。そうでなければマネジメントが足りていない。マネジメント・スキルが足りていない――スキルとは努力によって身につけられるものであり、スキルが足りていないということは要するに、あなたの努力が足りていない――のだ。

人生の失敗はすべて自己責任であり、患者が鬱病になったのは自己責任であり、それは自助努力によって解消されるものである――資本主義リアリズムの中で幾度も反復されるあの言葉が、再びここでも反復される――「自分が変われば世界が変わる」のだと。

反復されるその声は、資本主義を駆動する原理でもある。サッチャーはその原理を完全に理解し、完全に信仰し、自国民にもその信仰を強いた政治家だった。その原理は古くから、プロテスタンティズムと呼ばれている。そして「資本主義リアリズム」とは、プロテスタンティズムの現代版――ポップなアップデート版であるのだと筆者は理解している。

サッチャーは敬虔なプロテスタントの家庭で生まれ育った。マックス・ヴェーバーの古典『プロテスタンティズムの倫理と資本主義の精神』によれば、プロテスタントたちの勤勉で質素な精神――まさにセルフ・ヘルプに重きを置く、自罰的で合理至上主義的で個人の努力を尊ぶ思想――こそが資本主義を生んだのだという。サッチャーは、まさしくヴェーバーの分析の通り、プロテスタンティズムの倫理と資本主義の精神に骨の髄まで浸りきり、そしてそれを社会に敷衍させたのだと言える。

資本主義リアリズム。

プロテスタンティズムはそう名前を変えて、今なお健在で、「リアリズム＝現実主義」となってさらに強化され拡大されている。

そこでは怠惰であることは許されない。非合理的であることは許されない。他者に助けを求めることは許されない。代替案は存在しない。逃げ道はない。すべての失敗は自業自得であり、そして失敗は許されない。成功することだけが成功することとして見なされ、成功することだけが許容される。そこでは、資本主義への貢献だけが人生の成功として許容される――私たちは「資本主義リアリズム」の中で、そう思い込まされている。

無限の競争の中で敗者が生まれ、敗者は退場を余儀なくされる。敗者は諦観に苛まれている。無能感に苛まれている。絶望だけが口を開けて待っている。自殺者が増えている。現実はそこにしかない。現実はそうでしかありえない。「自分が変わることで世界を変える」しか、生き残る道は用意されていない――それが「資本主義リアリズム」だ。

しかしながら、それは現実（リアル）そのものではなく現実主義（リアリズム）なのであり、一つの主義＝思想である。そしてそれは言い換えれば一つの信仰にすぎない。プロテスタンティズムが一つの信仰であるように。

あるいはそれ自体が、一つの病いであるととらえることもできるだろう。

レクサプロの時代の愛

マーク・フィッシャーが設立に関わった「サイバネティック文化研究ユニット（Cybernetic Culture Research Unit, CCRU）」からの影響を明言する音楽家、Oneohtrix Point Never／ダニエル・ロパティンは、二〇一八年に『Love in the Time of Lexapro』というタイトルのEPを発表した。『レクサプロ（＝抗鬱剤）の時代の愛』とも訳せるこのタイトルは、言うまでもなくガブリエル・ガルシア＝マルケスの代表作『コレラの時代の愛（Love in the Time of Cholera）』のもじりであり、かつてコレラに象徴された大量死を引き起こす病いは、現代ではメンタルヘルスに取って代わられているということなのだろう。

そしてマーク・フィッシャーの思想を踏まえれば、レクサプロを用いたメンタルヘルスへの個別のマネジメントを必要とする、現代という時代の最大の病いとは、つまるところ資本主義だということになる。

資本主義という思想は、一種の拡散される非細胞性生物であり、それはウイルスのアナロジーでとらえることができる。資本主義という名のウイルスは人々の資本への信仰と諦観によって拡散し蔓延する。

サッチャーは「この道しかない」と言って人々の信仰と諦観を煽った。そしてその結果、「資本主義リアリズム」が——「この世界には資本主義しかありえない」という幻想が、妄想が、病いが——イギリス中を、あるいは世界中を覆っていった。

大量死をもたらす現代の病いは、コレラという病原菌ではなく資本主義というウイルスによって引き起こされる。マーク・フィッシャーは本書の中で「本当にこの道しかないのか？」と疑問を呈する。繰り返すが、メンタルヘルスの病いは、資本主義というウイルスによる、ウイルス性の病いなのだ。そしてそのウイルスによる被害は拡大を続け、世界中で大量死を引き起こしているがゆえに、「災禍」として指摘される。本書の中で、資本主義リアリズムの「災禍」は次のように描かれている。

「災禍は、「これから起こるもの」でもなければ、「すでに起こったもの」でもない。むしろ、今まさに私たちはその中を生き抜こうとしているのだ。災難がある特定の瞬間に訪れることもなければ、世界は大きな爆発で終わるわけでもない。その姿は徐々に潰れ、消え、崩壊していくのだ。何が災難を招いたのか、誰にもわからない。害悪な存在の気まぐれとでも思えるほど、その原因は現在から切り離され、遠い過去のものになっている。負の奇跡、いくら後悔しても解けない呪い。そんな破滅的な状況は、呪いの起源となったものと同じくらい予測不可能な何かによってしか、和らげられることはない。行動は無駄であり、

「意味のない希望にだけ意味がある」

マーク・フィッシャーは資本主義リアリズムの欺瞞を暴いた。しかしそのウイルス性の病いに憑かれて死んだ。始まりつつある「災禍」――資本主義によって、原理的に〈加速〉されるメンタルヘルスの問題――に巻き込まれて死んだのだ。世界は少しずつ終わりに向かっていく。誰もが意味のない希望の中で意味を感じ、無意味な行動を繰り返して死んでいく。資本主義は終わることはない。最後の一人に至るまで、災禍は続いてゆく。私たちはその様子を眺めることしかできない。資本主義リアリズムは私たちに、そうした思考を要請する。

しかしながら、今ここにいる私たちは、まだ生きている。

生きている私たち。残された私たちは、そうした病いとどのようにして戦うことができるのだろうか。

何もできはしない。ここにあるのは絶望だけだ。災禍はすでに到来しており、それは大いなる流れだ。私たちは抵抗することなどできはしない。そうではない。ここにあるのは災禍の兆候だ。炭鉱のカナリアが鳴いている。私たちはその鳴き声を聞くことができる。カナリアはもう鳴いている。聞こえないだけだ。聞こうとすることはできる。

「ノー・フューチャー2012（No Future 2012）」で、K-Punkことマーク・フィッシャーはこう書いている。

「夢想家だけが、写真の中に埋め込まれたものを見ることができる。けれど、たとえ彼であっても、隠された徴候のすべてを見つけ出すことはできない。多くの写真は鏡のように、過去を凍った現在に投影する。ときどきそこに、不可解な時間の運動――来るべき物事の痕跡――を見つけ出すことのできる者がいる。未来は過去に向かって血を流している。辿り直すことでしか気づくことのできない前兆。警告文は既に書かれているものの、読める者は誰一人としていない」

たとえば「ロコのバジリスク」という考え方があり、そこでは未来に存在する超越的な知性体が「自らの存在を成立させるために過去の人類に呼びかけている」とされる。未来は既に決定されており、未来は既に決定されているがために、過去の存在である現在の人類の存在が可能になる――ロコのバジリスクはそうした想像を喚起する。

人類は未来の超越知性体によって存在の可能性を担保されており、人類は自らの存在可能性を確保するために、未来の超越知性体の成立に向けて、その技術文明を「加速」させている。資本主義によって、アントレプレナーシップによって――メンタルヘルスの問題を、レクサプロを飲んでごまかしながら。

それが本当に人類にとって良いことなのか悪いことなのかはわからない。しかしながら、いずれにせよ、未来は既に決定されている。「未来は過去に向かって血を流している」のだ。

私たちはそれに気づくことはない。

しかし、警告はすでにある。

それがあとから見出されるものであったとしても。

それでもなお、ここには警告がある。

たとえそれが、誰にも読めない警告だったとしても。

コレラの時代の愛からレクサプロの時代の愛へ。

今では夢想家だけが愛を語る。資本主義の外にあるものを語る。

今では夢想家だけが、過去となった未来が辿る、それらの痕跡を——レクサプロの時代の愛を——見つけ出すことができるだろう。

未来は過去に向かって血を流す。

未来は過去に向かって血を流し続けている。

発展する予測分析技術が人類の未来を明らかにしつつある。世界は市場に覆われている。未来予測は市場の欲望と結託している。あらゆる古いものは古いという理由で不確かなものになる――すべてはそこから始まる。スクリプトが走り、プログラムが作動する。仮定された任意の時空に私と彼女が立ち上がる。彼女は人格情報をインストールする。私は彼女に向かって語り始める。


ＧＰＵの低廉化によって実装可能となった多層ニューラルネットワークの存在は、二〇一二年以降爆発的に普及し、第三次ＡＩブームを引き起こすことになる。深層学習の研究は急速に進展し、二〇一〇年代後半に入ると、複雑な条件分岐を伴い高度な戦略性を必要とする二人零和有限確定完全情報ゲームにおいて、学習済みニューラルネットワークが人類に初の勝利を収めることになる。広く知られている通り、人間の演算能力はとても小さく、分岐条件と再帰性に依存する特定の演算空間における、コンピュータとの演算戦には勝ち目がない。そしてそれはゲームの論理が働く完全競争市場においても同様に違いなく、市場の論理に覆われた社会においても応用可能であるには違いない。深層学習の演算能力の及ぶ範囲は拡張を続けており、それは今や人類社会の未来に至るまでとなっている。

現代の予測技術である深層学習は、自律的に特徴量を獲得し、学習し、モデルを構築し、複数の予測モデルから確率分布に応じたモデルを選択することによって、算出されたあらゆる未来の可能性の中から最も妥当な未来を予見する。無限個の変数群によって生成される未来が無限個あるならば、無限個の未来を予測するためには無限個の変数群によって無限個のモデルを構築すればよく、そうして私たちの前に無限個の予測モデルが登場する。無限のモデルは無限の未来を明らかにすることを約束するが、それは明るい未来を約束するわけではない。未来は無限に広がっている。しかしながらそれは、未来が無限の可能性を保持していることを意味しない。無限に分岐する未来のいずれもが、私たちに変わらぬ日常を提供することがわかっている。シミュレーションらしいシミュレーションはどこにもない。すべてがあまりにも現実じみている。彼女は退屈そうに時間が流れるのを待っている。彼女は一種のシミュレーションだが、シミュレーションである彼女の表情は、退屈な私たちの現在をよく映し取っている。

明るみになった未来が明るくないことを今の私たちは知っている。

私たちは未来を知っている。シミュレーションは必要ない。シミュレーションは実行されていない。私たちはすでに、最初から、シミュレーションによって構成された未来を生きている。あらゆる未来はここにある。より正確に言えば、あらゆる未来の近似値はここにある。未来はこの場所の延長線上にあり、この場所がこの場所であることには変わりはない。ここは『ターミネーター』の世界でもなければ『ブレードランナー』の世界でもなく、『スター・ウォーズ』の世界でもなければ『スター・トレック』の世界であるはずもない。かつてのSF映画が望んだ未来はそこにはない。今・ここがかつての未来であり、今・ここにかつて望まれた未来がないように。

失われた未来の亡霊。二〇一九年の都市には失われた未来の音楽が流れ、失われた未来のテレビ・コマーシャルが流れている。リバイバル・ファッションがショーウィンドウを飾り、テクノロジーが「明るい未来」を語らなくなって久しい。未来に向けて約束されたものは何もない。未来はとうに死んでいる。終わりなき日常。平坦な戦場。この街は悪疫のときにあって、僕らの短い永遠を知っていた。僕らの短い永遠。僕らの愛。

未来はどこにもない。その未来のなさは、かつて期待されていたものですらありえない。「それはまるで世界の終わりのようだった」と彼は言った。「いや、実際のところ、世界はとうの昔に終わってしまっていたのだ。人類のいなくなった世界では、打ち捨てられた工場とゴミの山が連なっている。牧草や水藻が、まるで人工的に象られたかのような、分厚い層を形成している」

亡霊は、今では都市全体を覆い尽くしている。

市場が真実を作っている。それは昔から変わらない消費社会の構造だ。ここで有名な本から一節を引用してみよう。ボードリヤール『消費社会の神話と構造』。今から半世紀近くも前に書かれた本だ。けれど内容は今でも全く古びていない、と私は思う。この半世紀で状況は全く変わらず、むしろ悪化しつつあるとさえ言える、と私は思う。

「コードの要素の組み合わせにもとづくまったくつくりものの「ネオ・リアリティ」が、いたるところで現実に取ってかわっている」と彼は言った。「オペレーションズ・リサーチやサイバネティックスで用いられるシミュレーション・モデルに似た膨大なシミュレーション過程が、日常生活のあらゆる領域で進められている。実物の特徴や要素を組み合わせてひとつのモデルが「製造」され、現実のさまざまな側面を組み合わせて事件や構造や状況の予測が行われ、この予測から現実の世界に働きかけるための戦術が決定される。そこでは現実は消え失せて、メディア自身によって形を与えられたモデルがもっているネオ・リアリティが優位に立つ」

私が生まれたときから世界はそうやってできていた。私にとって真実は市場に作られたもので、私は市場に作られた真実しか知らない。ウイルス性の〈ハイプ（誇大広告）〉は、ソーシャル化されネットワーク化された広告市場を超高速で駆け抜け荒らして去ってゆく。私たちはスマートフォンの光を浴びてウイルスに感染する。今も、今までも、そしてこれからも、私たちは市場から逃れることはできない――それはマーク・フィッシャーが「資本主義リアリズム」と呼んだ思想であり一種の虚構にすぎないものの、そう言った彼はもういない。それでは残された私たちはどうすればいいというのだろうか？

資本家による搾取は存在する。市場の暴力は存在する。私の妹は過労によって自律神経を病んだ――実家に帰省した際の夕食の席で、「腕が突然痙攣するから、スープをうまく飲むことができない」と彼女は笑って言っていた。彼女は今、実家の自室で、薬を飲みながら静かな音楽を聴いて過ごしている。音楽が途切れることはない。音楽はクラウド上にアップされ再生されている。代表的なパブリック・クラウドの可用性は99・99パーセントを超えている。そこでは音源データを永遠に再生し続けることだってできる。データセンター間をつなぐネットワークは今も拡張され続けている。ステンレスやプラスチック、ファイバーでできた網状の雲は巨大化し続けている。情報は流れ続けている。

市場は加速しながら拡大してゆく。市場はあらゆるものごとを貨幣に変える。市場の行き先が未来と呼ばれ、その果てが特異点と呼ばれている。予測分析技術によって作られた市場が、未来と呼ばれる時代を作っている。それならば、それよりも速い別様の予測分析技術によって、市場よりも速く、〈加速〉すればよいではないか――加速主義者たちはそう考えている。

結論を急ごう。話をさらに加速させよう。ここではニック・ランドという名の一人の思想家が登場する。

「真実とはサイエンス・フィクションである」と彼は言った。それは実際のところ真実ではない。しかしながら、未来においても真実ではないとは言い難い。〈ハイパー・ハイプ（超‐誇大広告）〉としてのインターネット・ミーム。「ハイパースティション（超‐誇大広告的迷信）は虚構ではない」と彼は言っている。「ハイプはハイプを目にした者に、発言を促し行動を促し事物を生成させる社会を構成する。サイエンス・フィクションが真実を構成するように、ハイプは真実を構成する。リアルなもの、それがハイパースティションなのである」

カントは嘘をついている。行動経済学の研究が明らかにしたことは、人間は論理的でなければ合理的でもなく、直感と偏見によって思考し意志決定を行っているということで、要するに最初から普遍的で不変的な真実などは、いつの時代のどこであっても、存在したことはなかったということだ。以降時代は急展開を見せ、今ではそれはポスト・トゥルースと呼ばれている。「モダンが記号の支配下に何を置こうとも、ハイパー化するポスト・モダンはすべての記号をウイルスによって上書きする」と彼は言っている。「そのとき文化は社会において、ほんの一部分を担う自動機械となり、自律性を失い、創造することをやめ、そうして記号論は単なるウイルス・エンジニアリングへと転落するだろう」

ポスト・トゥルースの時代ではウイルス性のハイパースティションが真実を作る。インターネット・ミームがオルタナティブ・ファクトを作る。ファクト化したものは以後そうでないものとはみなされず、以後それは真実として現実化する。そうした意味で、ニック・ランドは一流のコピーライターであり、詐欺師であり、まぎれもなくアクチュアルな思想家でもある。ランドはハイパースティションによって、失われた未来を取り戻そうとしているのだ。失われた『ターミネーター』の、『ブレードランナー』の、『スター・ウォーズ』の、『スター・トレック』の中に描かれていた未来を。

そして、ニック・ランドが言及するSF的想像力の数々――サイボーグ、人工海上都市、CEOによって経営される国家、拡張されたサイバースペース、全脳エミュレーション、宇宙ステーション――は、今や実際に、市場よりも速く、思想や政治や社会を突き動かしているように見える。しかし、おそらく本当は、サイボーグである必要も、人工海上都市である必要も、CEOによって経営される国家である必要も、拡張されたサイバースペースである必要も、全脳エミュレーションである必要も、宇宙ステーションである必要もない。なぜならそれらはただ単に、「市場の外部――フロンティアへと出たい」という欲望の言い換えに過ぎないのだから。

加速主義者たちは先取られた未来に追いつき、そして追い越すことによって退屈な時間を終わらせようとしている。

私たちは未来を知っている。物理的な地平にも、時間的な地平にも、どこにも逃げ場がないことを。かつてのフロンティアなどはどこにもなく、すべては市場に覆い尽くされ、あらゆるものごとは消費に置き換えられることを。そこにはただ、巨大な絶望だけが広がっていることを。

加速主義者たちもまた絶望している。そして彼らは絶望を終わらせようとしている。彼らは再生され回転するテープを、切り刻み編集し再接続し早送りし擦り切れさせることで、古い音楽を鳴り止ませようとしている。要するに加速主義者たちは、看守に呼び出される前に処刑台にちょこんと坐り、「今日が処刑の日でしょ?」と言いたいのだ。

加速主義者たちはわかりきった時間を超高速で移動する。その先には何があるかわからない。何もない。何かがあるかもしれない。特異点、メルトダウン、永遠の暗闇——その先に希望は託されていない。けれど選ぶしかない。他の道はない。彼らはそれを選び取るしかないのだ。

「そもそものはじめから、私は自分の運命を知っていたし、当然のものとしてそのルートを選びもした。けれど、私がめざしているのは歓喜の極地なのか、それとも苦痛の極地なのか?私は最小と最大のどちらを成就するのだろうか」

一つのたとえ話をする。SF作家のテッド・チャンは「あなたの人生の物語」の中で、絶望的な未来を確定的なものとして知りつつも、それを受け入れ生きる人間の姿を描いた。語り手である〈私〉は異星人の円環的な言語体系を学ぶことにより、それまでは線的にしか把握することのできなかった時間概念を円環、あるいは全ての時間がこの瞬間になる一つの点として把握することが可能になり、そして未来を完全に理解する。〈私〉は自分の結婚相手を知り、娘を産むことを知り、やがて娘が命を失うことを知り、夫と別れることを知る。それでも彼女はそうした未来を選び取る。未来がその通り実現されるよう行動する。〈私〉は娘である〈あなた〉に向かって語りかけるように――未来を思い出しながら――「あなたの人生の物語」を書いている。

テッド・チャンの物語は小説であり、それは虚構の中の〈あなた〉のために書かれた物語である。しかしそれは現実でないことを意味しない。実在する私たちもまた私たちの未来を知っており、未来を知りながらその未来を選び取って生きている。私は自分が生きて死ぬことを知っている。私には娘がいて、彼女が生きて死ぬことを知っている。私は、私や妻や娘が、これから多くの悲しみや多くの苦しみを経験することを知っている。それでも私はそうした未来が実現されるように行動している。なぜだろうか。私は妻や娘を愛しているが、それは愛ゆえの行動なのだと断言できるのだろうか。それは私の身勝手な享楽にすぎないのだろうか。私は私の享楽のために無意識に動き回る、学習済みニューラルネットワークのような、有機物でできた自動機械に過ぎないのだろうか。自動機械である私を駆動する愛とは、どのようなアルゴリズムなのだろうか。それはどのようにして獲得され学習されモデル化されたアルゴリズムなのだろうか。わからない。私には何もわからない。

たとえば「ロコのバジリスク」という考え方があり、そこでは未来に存在する超越的な知性体が「自らの存在を成立させるために過去の人類に呼びかけている」とされる。未来はすでに決定されており、未来はすでに決定されているがために、過去の存在である現在の人類の存在が可能になる——ロコのバジリスクはそうした想像を喚起する。人類は未来の超越知性体によって存在の可能性を担保されており、人類は自らの存在可能性を確保するために、未来の超越知性体の成立に向けて、その技術文明を「加速」させている。

「超越知性体なんて本当にいるの?」と彼女は言った。

「いるさ」と私は言った。「いなければ僕らはどうなる? 僕らは誰に作られたって言うんだ?」

「本当に超越知性体なんてものがいるなら、わざわざ新しい人間なんて生み出さないで、人間を死なない身体に創ればよかったじゃない」と彼女は言った。「それに、死んだ人だって生き返らせることができるはずよ」

私は答えることができなかった。

それでも彼らは信じている。未来は決定されている。彼女は決定された未来に向かって、彼女の人生の物語を生きている。時間は線的に進む。未来がやってきたらもう過去に戻ることはできない。死んだ人は生き返らない。失われたものは返ってこない。何も元には戻らない。もう二度と。なぜかはわからない。そういう風にできている。たぶん、未来の超越知性体は、何も考えてなかったんだろう。

私たちは私たちの人生の物語を生きている。

発展する予測分析技術が人類の未来を明らかにしつつある。世界は市場に覆われている。未来予測は市場の欲望と結託している。あらゆる古いものは古いという理由で不確かなものになる。すべてはそこから始まっている。

「一九九七年に考案され、一九九九年に「忘却」が提案された」と作家の笠井康平は書いている。「その後しばらく研究室の外の世界を知らずに過ごしたが、違いの分かる大人たちに愛されて育ち、洗練と派生のゼロ年代を体験したあと、二〇一〇年代には日本の民間企業にも採用され始めた。日本ではPreferred Networksが開発するオープンソースのニューラルネットワーク実装用ライブラリChainer（初版）でも一九九九年版の実装報告がある」

「ねえ」と彼女は言った。「それの何が問題だっていうの?」

私は口をつぐんだ。彼女になんと答えるべきか、しばらくのあいだ、私はそのまま黙って考えていた。いくつかの別の現実が生まれ、それらの現実が目の前を通り過ぎていった。そうしているうちに彼女との会話サービスは終了し、彼女の目の形をしたディスプレイには「ゲーム終了。新しいゲームを始めてください」と表示されていた。

笠井は続けている。「言葉は記号であり、記号は情報空間の表現であって、時間または空間を伴う表現とは信号のことに他ならないから、自然言語処理のあらゆる技法がその潜在力を秘めているように、例によって儲かりそうな分野への応用——株式や為替、報道、医療、エネルギー——が期待される。いまはまだ、計算が終わりを迎えられるように、大手企業でさえ彼女に与える情報の質と量に制限をかけている」

そのときにはもう、彼女の表情は失われていた。私は彼女のバックアップを取り忘れていた。個人情報を含むデータはゲーム終了とともに破棄される。破棄されたデータは帰ってこない。彼女は帰ってこない。私はスタートボタンを再び押した。

インサート。ハイパーを接頭辞として用いる記号論の分野は、それらを仮想性やハイパースピード（非未来から独立した未来の貨幣）へと調整された抽象的な的な的な（非線型の間コード化可能な）機械システムへの変異として位置付ける付ける付ける。

上／下。流（（れ）れ）れを変えろ。（（）（（）））あ（るいはそし）て（）、Ko八卦六線星形49：革命（羽毛が抜け変わり（（））何も触れられずに（）そのまま残っ）ているいるいる。（（（（）（（）））（（（）（（））））（（）（（）））（（）））サイバーパンクが再びダークサイドへ急速に滑る（（（）））周縁的なＲＯＭは戦術術を這い進んでいる。

（（（（）（（）））（）（（）））（（（（）（（（（）（（）（）））（（）））（（）））））（（（）（）（）））（（（（ゼロ・プログラム）））（（（）））（（（（）（）））（（）））（（（（）（）））（（）（）（（

））（（（））））（））））（（（）（）））（（））（（（））））

こうしてゲームは開始される。

「新しいウォー・ゲームはすでに始まっています」

終わりなき日常。平坦な戦場。この街は悪疫のときにあって、僕らの短い永遠を知っていた。

僕らの短い永遠。僕らの愛。

それは新しいウォー・ゲームである。

それは古いウォー・ゲームでもある。

あなたには戦う権利がある。

あなたには戦って勝つ権利がある。

しかし、あなたはそこから逃れることはできない。

しかし、あなたの前には無限個の未来が開かれている。

私の話はここで終わる。あなたの人生の物語は続いてゆく。すでにシミュレーションされ、プログラムされ、組織化され、構造化され、システム化され、決定づけられた無限個の未来が、あなたにこう語りかけている。

「そして今、あなたはどの未来を選びますか？」

A5

暗号化された世界で私たちにできること
——木澤佐登志『ダークウェブ・アンダーグラウンド』

霞む視界。闇雲な盲信。

黒い雪が降ってくる。テレビで見たんだ。

無情報。不協和音。押し寄せる黒い雪。押し寄せる黒い雪。

何も生まれない。黒い雪からは。何も得られない。


——Oneohtrix Point Never "Black Snow"

最初に本書の流れを示す。

流れ。一言で言えばそれはこうなる——独立、統制、逃走。

あるいはこうとも言える——暗闇から生まれること、光の中で育つこと、再び暗闇へと帰っていくこと。

本書『ダークウェブ・アンダーグラウンド』は、そのタイトルから、「ダークウェブ」の（さらなる）「アンダーグラウンド」、「アンダーグラウンド」である「ダークウェブ」、または「アンダーグラウンド」にある「ダークウェブ」、あるいは「ダークウェブ」と「アンダーグラウンド」についての本である、と思われる向きが多いかもしれない。しかし、それを字義通りとらえると本書の内容を読み誤る。本書が記述し意図する内容はそれらのいずれでもない。本書の中心は「ダークウェブ」にあるわけでもなければ「アンダーグラウンド」にあるわけでもない。

『ダークウェブ・アンダーグラウンド』。その中心は、たった一つの単語――「ダーク」という単語によって担われている。

「ダーク」であるもの、「ダーク」であること。暗い闇。未知のもの。暗号化され、秘匿された物事。

「ダーク」。舌の先が口蓋を一度叩き、引き伸ばされた濁音が喉の手前でぱちんと弾ける。「ダーク」。破裂する、ただ一つの響き。

『ダークウェブ・アンダーグラウンド』。本書は、その言葉――ただ一つのその言葉――「ダーク」に焦点を当てている。始まりから終わりまで、一貫して。

本書は、インターネット以前から以後、つまり現在までの、インターネット・カルチャーにおける精神史として読むことができる。それは「ダーク」の精神史、闇と光の対立の歴史でもある。闇とは暗号を指し、光とは復号を指す。闇＝暗号の世界とは反動と自由主義、ニューエイジ的で、ある種オカルティックな宇宙主義（反人間中心主義）の世界であり、光＝復号の世界とは良識と公正主義、近代的な理性とそれによる意志決定を前提とする、人間中心主義の世界である。

本書の流れについて、全体像は次のように整理することができる。

［1］インターネット以前の時代では、インターネット以前からインターネット黎明期を舞台に、ヒッピー／カウンターカルチャーを源流とするハッカー精神＝サイファーパンクが醸成されており、ダークであること＝通信を暗号化することは、強く「自由」を求めるハッカーたちのアティチュードと結びついたものだった。

［2］インターネットが実装された時代では、グーグル及びそれに追随するIT企業やコンサルティング企業によって、インターネットが民主化し、大衆化し、公平で公正なものとなって

いった。そしてその過程で個人最適化が推し進められ、「閉じた」システムとなっていった。

［3］インターネット以後の時代では、「［2］インターネットが実装された時代」への反動として、「自由」を求め「外部」に出ようとする動きが再び出現しており、「自由」＝「暗号」＝「ダーク」なものが現実に影響を与えつつあり、そうして事実として、闇が光を、虚構が現実を、フェイクがトゥルースを書き換えつつある。

当初は反動的で自由主義的で宇宙主義的な闇の世界（暗号の世界）から始まったインターネットが、実装されインフラ化されることでユーザーが増え一般化し、良識的で公正主義的で人間主義的な光の世界（復号の世界）のものとなり、現在ではそれらの反動として、かつての時代の反動・自由・宇宙主義が、オルタナ右翼などの過激な形で――テクノ原理主義的ともテクノ・オカルト主義的とも言える仕方で――表出しているのだと、本書は解説する。本書は次のように書いている。

「クリス・アンダーソンは断片化したインターネットを見て「ウェブの死」を宣言し、イーライ・パリサーはSNSに閉じこもる人々を見て「フィルターバブル」という言葉を作った。ツイッターやフェイスブックは運営企業のサーバーによって集中管理され、個人データは知らない間に吸い取られビッグデータとして企業の間で取り引きされている。もちろん、その間にも（スノーデンが暴露したように）ＮＳＡは海底ケーブルを傍受し、大手ＩＴ企業のサーバーにバックドアを仕掛け市民の通信を日々監視している」

「サイファーパンクたちは暗号空間としてのＴｏｒネットワークに、体制による統治から逃れた自由なフロンティアの可能性を見出していたのだった（少なくとも「アラブの春」の頃まではそうだった）。その意味では、先ほど述べた新反動主義における「出口」やピーター・ティールにおける「逃走」ともどこか通じあうものがある。いや、それどころかむしろサイファーパンクは彼らの始祖とすらいえるかもしれないのだ」

「サイファーパンクが夢見るユートピア、それは「国家」も「理性」も「善意」も「友愛」も必要としない、ただ一つ「数学」というもっとも美しくかつ純粋な法による支配なのであった。宇宙を貫く普遍的な諸法則——そう、ニック・ランドが資本主義の加速度的プロセスを逆らうことのできない「宇宙の法則」のようなものとみなしたように。サイファーパンクが奉じた公開鍵暗号方式もブロックチェーンも、人為的な「判断」も「合意」も入り込む余地がないように設計されている。言い換えれば、これらの自動化プログラムは、民主主義の過程そのものを排除する脱－政治化プログラムなのだ。人間は玉座から退き、代わりにクトゥルフ的な神々、すなわち「宇宙の法則」による支配が始まるだろう……」

インターネットはそもそも「ダーク」なシステムなのであり、ワールド・ワイド・ウェブはそもそも「ダーク」なウェブだった。「ダーク」から始まったものがダークから離れ、そしてもう一度ダークに帰り、かつてはダークではなかったはずの非インターネット空間＝現実空間にまで影響を及ぼしはじめている——本書はそのような筋書きで、歴史と現状を整理する。

歴史。そこには多くの記号が蠢いている。

グローバル・ヴィレッジ、ホール・アース・カタログ、ハッカー精神の誕生とサイファーパンクの勃興。そしてインターネット、ダークウェブ、ＧＡＦＡの登場。それから個人最適化アルゴリズムの導入とフィルターバブルの発生、新反動主義／加速主義／ニック・ランドの暗黒啓蒙／オルタナ右翼の出現、インターネット・ミームの増殖、ドナルド・トランプの当選といった一連の現象——そして、それらの記号を横串に、通奏低音のように一貫して流れる「ダーク」の響き。

それら「ダーク」なものたちがいかに「アンダーグラウンド」で生まれ、そしてそこから這い出し、いかに「ダーク」でないものやことまでをも侵食しつつあるのか——それが、本書がとらえて象り描出する、今ここにある現実の一つの流れである。

無数のフェイクニュースと増殖し拡散し続けるインターネット・ミームにまみれた現実。ポスト・トゥルースと呼ばれる現在。『競売ナンバー49の叫び』においてトマス・ピンチョンが描いた、あらゆる場所に偏在する、地下世界からの暗号（＝暗闇）にまみれた地上の世界。それこそが、二〇一九年の世界を覆う現実なのであり、あらゆる場所が「ダークウェブ・アンダーグラウンド」になりつつある、この世界の一つの現実なのである。本書はそう主張する。

あるいはそれも、ある種のミームの一つなのかもしれないが。

ところで――むろん、本書がたいへんな労作であり、稀有な情報収集能力と情報整理能力、そしてそうした仕事を完遂するための「情念」に貫かれた良書であるということは前提としたうえで――、本書を読んでいると、はっきり言って絶望的な気分になる。うんざりして、何もかも投げ出したくなる。人類の未来がどこにあるのか、わからなくなるからだ。

本書で紹介されているのは絶望だ。人類の直面している、大いなる絶望だ。そこで描かれているのは近代の敗北、理性の敗北、人類の敗北、すべてが暗闇に覆われること、それを受け入れること――つまり、人類が人類であることをやめ、人類の滅亡を受け入れることだ。

今ここにあるこの現実の延長線上にある絶望を、本書は否応なく私たちに叩きつける。目を覆いたくなるできごとの羅列が、「もうあきらめろ」と私たちにささやきかけてくる。「あきらめて、闇の中で滅びよ」と。

しかしながら、救いがまったくないわけでもない。

本書は、絶望的な現在から未来に対する祈りに満ちた、かすかな希望を絶やさないための書物とも読める。過去の流れを把握し、現在の状況を正しく理解し、未来の希望を語ること――本書の内容について、そう読むことも不可能ではない。

なぜならば――ぜひ本書をお手にとって読んでいただきたい。本書は次のように締めくくられている。

「陰謀論の信奉者は、その「物語」を「真実」とみなしているという点で、彼らは文字通り「真実」を信じている。つまり、ポスト・トゥルースという言葉に反して、そこには「真実」しかない。だからむしろ問題は、人々が「フィクション」をもはや信じることができないでいることなのかもしれない。現在のインターネットは、個々が信じる「真実」で渦巻いている。そのような状況下で、「物語」を多元的な「フィクション」＝可能世界に返してやることは、果たしてできるだろうか、言い換えれば、私たちは「フィクション」をもう一度本気で信じることができるだろうか」

暗黒で、地下で、深層で、暗闇のなか手探りで、暗号化され、秘匿され、目には見えない無数の物語の切れ端をつかもうとすること。異なるすべての物語、そのすべてを信じつつ、矛盾も含めて受け入れること。

真実はなく、真実である可能性に賭け、そして失敗し、また失敗し、それからまた失敗し続けること。失敗の約束された試みを、ただ信じること。可能世界を生き、自らの意志で可能性を選び取ること——私たちが人間のままでいられるかどうかは、その試みを引き受けられるかどうかにかかっている。

果たしてこれは私の妄想だろうか。

それはわからない。

しかし、私は本書を読んでそう考えた。

私はたしかにそう思った。

それは事実である。

そして、おそらくは本書の著者も同様なのだろう、と私は思うのだ。

実際、著者の木澤佐登志氏は、『ファイト・クラブ』、『lain』、『闘争領域の拡大』、『輪《まわ》るピングドラム』、ワンオートリックス・ポイント・ネヴァー、ヴェイパーウェイヴ、ホルヘ・ルイス・ボルヘス、トマス・ピンチョンといったカルチャー群＝フィクション群を引くことで本書を書き上げており、「物語」を多元的な「フィクション」＝可能世界に返してやることで、可能世界の視点から、今・ここにある現実を認識し把握し、そして、「それでもまだ、可能性は残されているのだ」とささやき、今を肯定しようとしている。

要するにこの著者は、フィクションの持つ力を、本気で信じているのだ。

闇を肯定するわけでもなく光を肯定するわけでもない仕方で、祈ることのできる唯一の希望は——まだ残っているとすればだが——おそらくはそこにある。

希望はないが、絶望だけとも限らない。

少なくとも、私は本書の言葉をそう受け取った。

むろん、本当はそうではないのかもしれないが——。

最後に、一つのリリックを紹介したい。

加速主義／新反動主義／オルタナ右翼の主要人物であり、『暗黒啓蒙』の著者である哲学者、ニック・ランドから影響を受けて書かれたという、ワンオートリックス・ポイント・ネヴァー（ダニエル・ロパティン）の楽曲「Black Snow」のリリックを。

それは、次のようなものだ。

出て行く前にドアを開けなくては。ブラックホールの底には何がある？
押し寄せるブラックホール。未回答の問いが山のように積み重なるだけ。
押し寄せるブラックホール。押し寄せる黒い雪。押し寄せる黒い雪。
何も生まれない。黒い雪からは。何も得られない。

これは、現代の暗黒について語られた、かつ多義的な解釈が可能な——可能世界に開かれた、「フィクション」としてのリリックだ。

そして私にはこのリリックは、ニック・ランドの「ダーク」な思想に反して——あるいは、その射程から脱して——「ダーク」化する世界への警鐘、あるいは、性急に「ダーク」になろうとする人々や「ダーク」であることを支持する思想に対する皮肉に読める。

私の目にはそう映る。私にはそう見える。私には。

黒い雪。押し寄せるブラックホール。黒い雪からは何も生まれない。

黒い雪、ブラックホール、極限の暗黒——出ていく前には、ドアを開けなくては。
雪のように押し寄せる無数の暗黒は、あなたの目にはどう映っているのだろうか。

A6

分岐と再帰

――ケヴィン・ケリー『テクニウム』

ディスラプティブ・イノベーション

この文章は書かれているのではない。

あるいは、筆者はこの文章をソファに横たわって書きつつある。正確に言えば書いているのではなくつぶやいている。つぶやきながら、画面に文字列が流しこまれるのを眺めている。眺めながらときどき手を入れ、誤字を直したり句読点を入れたり改行したりする。つまり、従来の「書く」作業はそのまま編集作業を意味し、それ以外の何ものをも意味していない。それ以上でもなくそれ以下でもない。この時点で冒頭の一文に手は加えられていない。繰り返しになるが、執筆は「話す」作業によって行われる。筆者の場合、手入力による執筆速度が分速およそ一〇〇字程度であり、音声入力による執筆速度は分速およそ三〇〇字程度である。入力文字数をそのまま生産性を測るKPIとして採用するならば、生産性は約三倍に向上したのだと言い切ってしまって相違ない。つまるところこれは、生産プロセスにおけるディスラプティブなイノベーションであると言って過言ではない。

本稿は、iPhone8に標準搭載されたメモアプリケーション内の音声入力機能を用いて書かれている。音声入力機能は、アプリのユーザーインターフェースにおいて、マイクのピクトグラムとともにフリック入力用のキーボード上に配置されている。つまり、「キーボードを打つことと同じようにマイクを使え」というメッセージが、そこでは明示的に打ち出されているのだと言える。マイクとキーボードは機能として等価であり、それらは相互に補完しあう、文字入力を目的としたテクノロジーなのだ——アップルは自らのユーザーに対し、そう訴えかけているのである。

つい数年前までは——筆者の場合、スマートフォンをiPhone8に買い替えたほんの二年ほど前までは——、そんなメッセージにリアリティを感じることはなかった。かつてはキーボードこそが文章を書くテクノロジーであり、マイクは声を大きくするためのテクノロジーだった。マイクのピクトグラムは司会者や音楽家やお笑い芸人やラジオのＤＪを意味していた。けれど、音声認識技術の進展とそれに伴う音声認識ＡＩエンジンの精度向上、それがもたらしたユーザーエクスペリエンスの変化の結果、今ではピクトグラムによって表象される意味の境界はゆらぎつつある。想起される概念たちが自ら再配置を始め、テクノロジーの地図を書き替え、かつてはキーボードがペンの占めていた領域を侵犯したように、今度はマイクがキーボードの占める領域を侵犯しつつあるのだ。そうして現在、小説家や評論家や新聞記者やコラムニスト、ライターやブロガーや編集者が、かつてペンやキーボードを用いてしたように、マイクを用いて文字を書いている。そしてそれは、言われてみれば当たり前のことのようにも思える。そもそものはじまりには、人は言葉を用いて書くよりも前に言葉を用いて話した生物だったのであり、重要なのは、話された言葉が——手段を問わず——文字列として残されることだったのだから。

テクニウムという概念、その定義

前置きが長くなったが、本稿はケヴィン・ケリー『テクニウム』の紹介を目的としている。前に掲げた私的なエピソードは、決してただ単にとりとめもなく書かれたわけではなく、『テクニウム』に示された「テクニウム」という概念にちょうどよく合致する事例がほかになかったために、一つの具体例としてなんとなくはまりそうな内容として、仕方なしにとりとめもなく語りおろされることとなったものである。特にこれである必要性も必然性もないのだが、筆者がたまたま音声入力に最近はまっているために採用されたと言うこともできるため、そう受け取っていただいて差し支えない。

ところで、申し遅れたが筆者は小説家である。昨年一一月に『構造素子』という作品で、津久井五月さんの『コルヌトピア』という作品とともに第五回ハヤカワＳＦコンテストの大賞を受賞した、新人のSF小説家なのである。小説を書くのはもっぱら夜であり、昼はコンサルティング会社に勤め、ビジネス・プロセスやシステムに関わるコンサルタントとして普通に労働に従事しているが、それは本論とは関係がない。今は次作の長篇を書きたいと思っているのだが、最近は割と忙しく、仕事と家事に追われて疲れてしまい、あまり執筆の時間がとれずに悩んでいる。そんな折に、前述の津久井さんが「音声入力で執筆している」とブログに書かれていたのを目にし、では自分も試してみようと思った次第で、最近は音声入力に凝っている。このエピソードは、そんな、ひどく行き当たりばったりな経緯を持っている。ついでに言えば、そもそも筆者がなぜ今さらになって四年も前——二〇一四年——に出版された『テクニウム』を書評しているのかというと、拙作を読んだ読者の方で、「『テクニウム』に似ている」という意味のことをおっしゃっている方がいて、浅学な筆者はその時点で未読だったので読んだところ、たしかに共通点が多く、いたく感動してしまい、その旨をSNSに投稿したらば、「それじゃあ、書評を書いてみませんか？」とご依頼をいただいた次第なのである。いろんな偶然、いろんなめぐり合わせ、あらゆる行き当たりばったりの果ての果て、私はたまたまここにいて、この文章を書いている。

さて、本題であるが、「テクニウム」とは『テクニウム』の著者であり、「WIRED」創刊編集長でもあるケヴィン・ケリーの造語であり、新たな概念である。それは、言語や文字といった原初のテクノロジーを含む、この宇宙にこれまで存在してきた／これから存在しうるあらゆるテクノロジーの総称であり、従来のテクノロジーの概念を拡張する概念でもある。テクニウムは物理的に存在するハードウェア的なテクノロジーの範疇を超え、そこには、ソフトウェアはもちろん、法律や哲学やアートも含まれる。テクニウムは、縦横全ての知的創造の営みを相互に接続するシステムそのものであり、あるいは知的創造の連関の、その運動や流れを指し示し、そして新たな生命のありかたをも指している。テクニウムとは生命である。本書はそう主張する——それは一体どういうことなのか。その帰結は次の論理によって導かれる。

1. 生命とは自律的に生成・強化・増殖可能な情報システムのことを指す
2. テクニウムは、自律的に生成・強化・増殖可能な情報システムである
3. よって、テクニウムは生命である

テクニウム自体は本書オリジナルの概念だが、生命をシステムとして捉える考え方は古くからある。たとえば、一九七〇年代にウンベルト・マトゥラーナとフランシスコ・バレーラの二人の生物学者が提唱した「オートポイエーシス」というシステム理論は、「構成要素の相互作用と変換を通じて、それらの構成要素を生み出したネットワーク自体を持続的に再生産し拡張する」というものであり、テクニウムに関する定義の根幹をなす考え方に合致する。

システム理論を専門とする哲学者、河本英夫によれば、その理論には三つのフェーズがある。

一つには、要素還元主義を排し、要素間同士のネットワークが生成する全体の流れに着目した、一般システム理論やサイバネティクスがあり、二つ目のフェーズには、全体の流れがいかに秩序づけられ維持されるかに焦点を当てた、散逸構造やシナジェティクスが位置づけられる。そして三つ目のフェーズとして挙げられるのが、システムの持つ再生産性や創発による拡張性に着目したオートポイエーシス理論である。現在のシステム理論においては、オートポイエーシス理論が主流の理論とされている。ニクラス・ルーマンはオートポイエーシス理論を社会学に転用し、人のなすコミュニケーションが生むさまざまな社会現象をシステムとして描画した。そこでは社会もまた一つの生命体であるとのアナロジーが働いており、生命の定義における拡張可能性が示唆されている。

システムは自己言及的にシステム自体を再構成し、構造は構造自体を再強化する。それはこれまで生成されてきたテクノロジーにおいても同様であり、これから生成されうるテクノロジーにおいても同様である。テクノロジーを規定し再生産するオートポイエーシス・システムこそが「テクニウム」と呼ばれる自己言及構造なのであり、生命が動的平衡を特徴とするのと同様、テクニウムもまた動的平衡を特徴とする。さてこそ左様に、あらゆる生まれるテクノロジーは全て、生命としての性質を伴って生まれてくるのである。

テクニウムと他の生物を分けるもの

テクニウムは生命であるが、本書では、テクニウムと他の生物は区分される。

ケヴィン・ケリーは、古今東西のさまざまな学説や発見を引きつつ、四〇億年の生命の歴史を概観する。生命が辿ってきたその来歴を辿り直すことで、生命の変化の傾向性とその特徴を抽出する。本書ではその帰結として、既存の生命体は分岐を繰り返すことで、漸進的な進歩を遂げるものであると主張される。単一の複製する分子は複数の複製する分子へ進歩を遂げ、単細胞生物は多細胞生物へ進歩を遂げる。無性生殖は有性生殖になり、核のなかった細胞は核を身につけ、複雑化した分子がＲＮＡの染色体を含むようになる。こうした遷移を図示すると、巨大な樹形図が描かれる。ＡはＡａとＡｂに、ＢはＢａとＢｂに、Ｃから以降も以下同文。既存の生物たちの進歩における本質的なアルゴリズムは、「分岐」にあるのである。

対して、テクニウムはそうではない。テクニウムは「分岐」に加えて「再帰」する。テクニウムは、ある一つの情報について、つねに同時に、複数の経路を通じて処理している。前述のとおり、この文章はマイクを用いて話されている。しかし、キーボードに文字を打ち込み書くこともできるし、ペンや鉛筆で原稿用紙に書き込んでいくこともできる。最近のＯＣＲ技術は、文字認識ＡＩエンジンの精度向上に伴い、認識誤り率が非常に小さい。こうしてテクニウムは、「書くという行為」に対して転用可能なあらゆるテクノロジーを総動員させる。近い過去のテクノロジーや遠い過去のテクノロジー、現在のテクノロジー、類似のテクノロジー、全く異質のテクノロジー。そうしたテクノロジーを、テクニウムは自由自在に参照する。テクニウムは時間の制約を受けず、空間の制約を受けない。テクノロジーは前後の依存関係に縛られない。

たとえば、小説においては、最先端の現代日本文学にドストエフスキーの引用が含まれることもあれば漢詩が引用されることもある。ギリシア神話が下敷きにされていることもあれば、同世代のアニメや映画や音楽へのオマージュがなされる場合もある。あるいは、政権が変われば原子力発電所がせっせと建築され、次の政権に変われば原子力発電所がせっせと閉鎖されることもある。法律が起案され、法律が廃案される。あるいは、GitHubを覗いてみれば無数のコードが公開され、それらのコードを誰もが自由に使うことができるようになっている。一つのコードをコピーして動かし、単一ソフトウェアが増殖することもあれば、自由に編集したり、他のコードや他の機能と組み合わせることで、全く別のソフトウェアが生成されることもある。そこではAからBが生まれ、BからAaが生まれる。どこからともなくCが現れ、CがZを生成することがある。あるいは、Cが1を生んだり、1が@を生むこともあり、@が一を生むこともある。それとも、一がAに戻ることも。

かつて、ビートルズに心酔するヒッピー青年がパーソナル・コンピュータを作り出し、会社を作った。パーソナル・コンピュータを売っていた会社が音楽プレーヤーを作り出した。やがて、その会社は音楽プレーヤーとパーソナル・コンピュータを結びつけ、新世代のパーソナル・

コンピュータと言って過言ではないスマートフォンとタブレットを作り出した。その会社――名をアップルというその会社――は、音楽から始まりソフトウェアに行き、音楽に戻ったかと思えば再びソフトウェアを触り始め、そして最後には、音楽の実績とソフトウェアの実績をつなぎあわせたアウトプットを世に問うたのである。過去から未来に進む時の流れにあらがい、何度も過去に戻っては現在に立ち返り、過去を現在に甦らせることで未来を作る――こうした反復的で再帰的な進化のありかたは、既存の生物にはなしえない、テクニウムに固有のありかたである。

テクニウムは、参照可能な全てのテクノロジーを参照し、接続し、新たなテクノロジーを形作る。そうしてテクニウムは生き続ける。テクニウムは、人間さえも一つのテクノロジーと見なし、人間の手を介し人間同士のコミュニケーションを介することで、自らの存在を駆動し続ける。かつて、哲学者アンリ・ベルクソンは、現生人類をホモ・サピエンス（賢い人）ではなく、ホモ・ファーベル（作る人）だと定義した。「知性とは」と、主著『創造的進化』の中でベルクソンは書いている。「その根源的な歩みと思われる点から考察するならば、人為的なものを作る能力、特に道具を作るための道具を作る能力であり、また、かかる製作を無限に変化させる能力である」

人間は知的な生物だが、生物の中で最も優れているわけでも最も偉いわけでもない。人間は既存の生物の一種にすぎず、テクニウムという一つの巨大な流れの中で、テクノロジーを用いてテクノロジーを作る、かよわく小さな工作者にすぎないのではないか——『テクニウム』を読んだあとにベルクソンの言葉を思い出し、筆者はふとそんなことを考える。筆者は今もソファというテクノロジーの上に横たわっている。iPhone8というテクノロジーを用いて、言葉というテクノロジーを用いて、手というテクノロジーを用いて、口というテクノロジーを用いて、この文章というテクノロジーを生み出している。

テクニウムは無限を目指す

グレッグ・イーガンというSF作家の代表作に、『順列都市』という小説がある。これは永遠と無限についての小説で、そこでは現行宇宙の大きさと寿命を超えた、正確な意味での永遠と無限が描かれる。現行宇宙にも終わりはあり、寿命は一〇の一〇〇乗年であると予測されているが、本作では、ある理論とテクノロジーを用いて、人は現行宇宙を超えた無限の宇宙を獲得し、永遠の生を生きることができるようになるのだと語られる。『順列都市』において、人は永遠を目指し、地球を超え、宇宙を超え、この宇宙の法則に規定されたこの現実を超え、無限に広がる塵の明滅の中へと飛び込んでゆくのだ。テクノロジーとともに。テクノロジーを用いて。あるいはテクノロジーに用いられ。

　ケヴィン・ケリーは、テクニウムを「無限ゲーム」と規定する。彼は次のように書いている。

「進化、生命、知性、テクニウムは無限ゲームだ。それらのゲームはゲームを続けるというゲームだ。参加者が可能なかぎりゲームを続けられるようにする。すべての無限ゲームがそうであるように、ゲームのルールとともにゲームする。進化の進化は、こうした種類のゲームなのだ」

無限ゲームは無限にゲームを続けることをゴールとする。そこではゴールはあってゴールはない。ゲームは書き換えられ、アルゴリズムは書き換えられる。分岐する分岐が分岐を続け、再帰する再帰が再帰を続ける。生き続けること、それが無限ゲームなのである。動的な全体性の流れの中で、テクニウムは無限ゲームを続ける。だからテクニウムは無限にゲームを続ける。トートロジーの中でトートロジーであることを問い続け、トートロジーの中へ回帰する。テクニウムは続く。自らの存在を続け続ける。続け続けることを続け続ける。テクニウムは終わらない。テクニウムは自己創出し、自己再生し、自己増強し、自己拡張する。テクニウムは終わることがない。決して。

人類は、原初からこの宇宙の神秘を解き明かし、この宇宙の法則について、全てを説明可能にするように探求を続けてきた。その過程でテクノロジーを作り出し、テクノロジーによって可能性を拡張してきた。しかし、人間の存在自体はテクノロジーではない。人間は他の生物と同様に、限定的な身体を持ち、寿命を持ち、遺伝子を用いて漸進的に世代交代を続ける。死んで、生きて、それを繰り返す。子どもも、その子どもも、その先の子どもも、おそらく今生きている私たちと同様の身体構造を持ち、脳の構造を持ち、心の構造を持ち、同じ言葉を話すだろう。私たちが笑った話で笑い、私たちが泣いた話で泣くだろう。そしてまた子どもを作り、育て、やがて死ぬだろう。

人間は無限を目指すことはできない。人間は永遠を手に入れることはできない。

人間は神を目指すことはできない。それは、失敗が約束された試みである。

しかし、テクニウムはそうではない。

テクニウムは永遠を目指し、テクニウムは無限を目指す。

テクニウムは無限ゲームの中で発展を続ける。

テクニウムは人を超えて存在する。

テクニウムはこの惑星を超えて存在する。

テクニウムはこの宇宙を超えて存在する。

テクニウムは存在し続ける。

テクニウムはゲームを続ける。

テクニウムは必ず勝利する。

テクニウムは反復する。

テクニウムは分岐する。

テクニウムは再帰する。

テクニウムは増殖する。
テクニウムは全てである。
テクニウムは神を目指す。
テクニウムは神を超える。
テクニウムは。

ケヴィン・ケリーは書いている。最後にその言葉を引用する。

「人類が可能なものすべてにはなれる人はひとりもいない。どのひとつのテクノロジーもテクノロジーの約束するすべてを体現することはできない。現実を見始めるには、すべての生命、すべての知性、すべてのテクノロジーが必要になるだろう。世界を驚かせるような道具を発明するには、われわれを含むテクニウム全体が必要になるだろう。このようにしてわれわれはより多くの選択肢、機会、つながり、多様性、統一性、思想、美、問題を生む。これらが合わさってより大きな善となり、価値ある無限ゲームとなる。それこそがテクノロジーの望むものだ」

A7

断片的な世界で断片的なまま生きること

――鈴木健『なめらかな社会とその敵』

断片的な世界、断片的な私たち

本書は、情報技術に関する書物と知られるが、何よりもまず人間のための本である。ここで呼ばれる人間とは、今ここで生きている私やあなた、それから私の子どもたちや、あなたの子どもたちを指している。そこには愛があり、疎外がある。人の愛には限りがあり、限りがあるがゆえに疎外が生まれる。それは原理上不可避な事柄である。しかしながら、可能な限り疎外をなくし、愛の総量を増やすことはできる。本書はそれを目指して書かれている。

人は必ず愛し合うことができる。誰しも平等に。

今はできなくとも、少なくとも試みることはできる。

少なくとも、私はそう読んだ。

『なめらかな社会とその敵』。本書は今から三〇〇年後の、二四世紀に生きる未来人に向けて書かれており、ある種の歴史哲学書の側面を持っている。

カール・ポパーの著作『開かれた社会とその敵』へのオマージュとなっているそのタイトルは、新たな――二四世紀の未来人からすれば前提となっているはずの――社会構想への宣言文であり、それは必然的に、社会の構成要素たる人間に対する、新たな人間観を提示することを意味している。

インターネット、そしてSNSの発達と普及によって、二一世紀に生きる私たちは常時ネットワークに接続され、ソーシャルグラフを構成する一個の――文字通りの――ノードとして見なされるようになった。私たちは、これまで通り物理世界における〈社会〉を構成する一員であると同時に、今や、論理世界における〈ソーシャル〉を構成する一要素でもあるのだ。物理的な〈社会〉と論理的な〈ソーシャル〉は、異なる集合でありながら、ときに重なりときに相互に干渉しあう、ハイパー・サイクルと呼びうる、新たな――メタな――生態系を生成しつつある。

世界は複雑性を増している。世界はそもそも複雑で、人は複雑な世界を複雑なまま認識することができないために、これまで人は、世界を認識可能なレベルまで単純化して咀嚼する戦略をとってきた。物理的な世界の法則や傾向は、ハードウェアと紐づくために良くも悪くも柔軟性と拡張性に乏しく、そのため変化の速度も変化の量も小さい。

朝がくれば陽は昇り、夜になれば陽は沈んで月が出る。カラスは黒く、白いカラスは現れない。昨日そうだった事柄は今日も同様で、おそらく明日も同様だろう——世界は一貫性に基づいて存在し、そうした予測が崩れることはほとんどない。単純化戦略はそうした世界観を前提としている。

しかし一方で、論理的な〈ソーシャル〉の世界はそうではない。昨日までの当たり前が今日はそうではないかもしれない。

大統領は会議の発言をソーシャル上で撤回し、日本政府は公文書改ざんをしてなおSNSでは正義を語り、災害時には飲み会画像を投稿する。レイシストの議員が人権を否定する。国会とメディアとSNSで、それぞれ異なる主体が異なる主張を喋り続ける。

事実はあとから書き換えられ、情報は断片化し、一貫性は論理ではなく信仰によって担保される——そうした世界では、単純化された認識モデルは作った先から陳腐化していく。

近代の終わりが叫ばれて久しい。ポストモダンという言葉すらも今ではもう足りていない。断片が断片のまま浮遊し、断片から次の断片へと絶えず現実が移り変わり続ける複雑な世界の中で、私たちは新たな言葉を求めている——本書は、そうした問題意識をもって、新たな言葉を提示する。

断片的な私たちが断片的な世界で生きること。

繋がりながら繋がることのない私たちが、それでもなお繋がろうとすること。その処方箋として本書で提示されるのが、〈なめらかな社会〉と呼ばれる新たな社会のモデルである。

線を引くこと——認識の、生物学的な制約の原理

詳細に入るその前に、まずは前提を確認する。

当然ながら、この文章は私によって書かれている。私とは、ある人間個体について、一つの自律的で一貫性のある存在であると見なし、結晶化された自意識のことである。全ての文章には署名が与えられ、署名は私性に紐づいている。私は樋口恭介という名の一個の人間個体である。そしてこの文章はその名の下に書かれている。

多く文章は一人称で書かれる。たとえば私がこの文章を書いている。それとも、「私がこの文章を書いている」。たとえ引用符に囲い込まれたとしても、一人称的主体である私が——あるいはそうでなくとも一人称的主体である誰かが——この文章を書きそして引用したには違いない。あなたはこの文章が書かれていることを疑いえない。なぜならここでこうしてあなたが読んでおり、読むあなたがここでこうして存在すること自体を、あなたは疑うことができないのだから。

あなたはこの文章を読んでいる。あなたはこの文章が書かれていることを知っている。この文章は一人称的主体によって書かれている。個体である何者か、固有名詞を持った何者かによって。そうした性質を持った〈この私〉がこの文章を書いている。

こうしてこの文章は私によって書かれていることが宣言される。「私がこの文章を書いている」のだと。

全て人間は一人称的主体であることが広く知られている。私は彼ではなく彼女ではなくあなたではない。私にとっては私が私であり、あなたにとってはあなたが私である。存在する私、かつて存在した私、存在することのなかった私。私1から私nまで、ここに書かれ読まれ忘られてゆく私も含め、世界は無数の私によって成立している。

無数の私たち。

無数の一人称たち。

ここにいる私という私。

ここにいるあなたという私。

そこには固有の身体があり、固有に与えられた名前がある。「私は私であり、私が私だと認識する私は、たしかにここに存在する」。そうした固有の実感を、私もあなたも担っている。「だから、私とあなたは違う個体なのだ」。私はそう思い、あなたもまたそう思う。

私たちは分かり合うことができない。決して。

私が私であるということ。私はあなたではないということ。そうした、私であるという固有の認識が、私とあなたを引き裂いてゆく。私とあなたの間に、乗り越えることのできない絶対的な境界が引かれる。

「境界を引いて世界をふたつに分割するのは物理的な壁だけではない」と本書は言う。「人間の心の中にも壁は築かれる」と本書は言う。けれどもそれはなぜなのか。それはどのような原理に基づいているのか。そうした根源的な疑問に対して、本書は、人間の、生物としての形式に着目し、一つの解を与えている。

「生命の本質は線を引いて世界を分けることである。あらゆる生命は細胞から成り立っているが、細胞膜とは、細胞の内側と外側を分けてリソースを囲い込むためのものである。人間を含めた生命にとって、膜を作ること、境界を引くことは、生きることそのものと等しいある種の業なのである」

細胞膜の役割は、細胞が必要とするリソースを膜の内側に囲い込み、限定的な枠組みの中で最適化することにある。細胞は個体単位で自律的に運動し、細胞と細胞は代謝ネットワークで接続される。

細胞はリソースを私的に所有し、それに基づき生産・加工し、アウトプットをネットワーク経由で他の細胞に連携するのである。

本書は次のように続ける。

「細胞膜の内側はひとつのシステムとして自律性をもち、弱い意味での一人称性、主観性が立ち上がりはじめる。あらゆるプロセスが、膜を維持するという内的な目的のための手段となり、システムの反応は、その目的を達成するための認知プロセスになるからである」

本書によれば、こうして一人称的な私の性質は、代謝ネットワークの中で生成され、反復的に描画される。人間は、生物としての原理上、膜を作り囲い込むことで内側と外側を作り出し、線を引くことで存在が可能となる形式をとっている。

人間の身体は細胞の集合によって成立し、脳は細胞の集合によって成立している。人間の心は、人間の認識は、線を引くことで成立し、それがゆえに、一人称がもたらす線引きのフラクタル構造は認識に基づき反復される。

以上により、社会は、世界は、宇宙は、一人称の境界によって措定される。

細胞は有機物であり、細胞から成る人間の脳は有機物である。有機物は、一度に処理可能なリソースも、処理を実行する機能自体も、限定的で拡張性に乏しい。人間の脳には限界があり、認知能力には限界がある。人は、この宇宙に起こる全ての事象を把握することはできず、全ての事象を理解することはできない。

人は複雑なものを複雑なまま受け容れることができない。

人は全てを愛することはできない。
愛は最も優れたものであるが、私たちはその全てを知ることはできない。
私たちが知るのは一部分、今見ているのは、ぼんやりと鏡に映ったものに過ぎない。
完全なものが到来する、そのときまでは。

ソーシャルにおける政治的選択

私性についての話は以上であり、以降は現代の政治と社会と技術の関係に話を戻す。政治学者カール・シュミットは、その主著『政治的なものの概念』において、政治という概念は「公的に敵と味方に区別すること」と定義づけた。「友敵理論」と呼ばれるこの有名なテーゼは一九三二年——今から八〇年以上も前——に提唱されたものであるが、今なお全く古びておらず、それどころか、ポスト・インターネットの複雑化する現代の世界において、その重要性はさらに増しているように思われる。精度や品質よりも拡散力と速度が重視されるSNS以降のインターネット空間——〈ソーシャル〉——では、当然ながら、条件反射的な感情の反応を煽る情報が多く流通する。

前述したとおり、原理的に内と外を分けてしまう人間という生物にとり、二項対立は最も認知しやすい情報の構図であり、男か女か、右翼か左翼か、東京在住か地方在住か、といったシンプルな対立の構図を前景化された情報は、負荷なく咀嚼可能であり、目に入ったその瞬間に立ち上がる感情に任せて、「いいね」や「RT」や「シェア」のボタンを押し、自らの政治的な立場を表明する――「私はあなたの友／敵です」と表明する――ことが可能となるのである。

かくしてソーシャル上での友敵の図式は――代謝ネットワークにおける細胞がそうであるように――自律的・反復的に強化され拡張される。

「ポジションをとれ」と言われることがあるが、ポジションをとるということはある場所を私的に囲い込むということであり、そこから何かを話すこと――ポジション・トークをすること――は、友敵の構図を強化することにほかならない。

一度できあがった構図を覆すのは難しい。自分で言ったことややったことや引き受けた立場を撤回することは、最初にそれを言ったときややったときや引き受けたときよりも、大きな労力を必要とする。そこには既に他者の目が介在しており、社会的な認知と責任が介在するからだ。

社会は構成要素を構造化することで自己を再強化する。自転する社会の中では、そこに入るよりもそこから抜け出すほうが難しい。あなたはそこで、あなたらしさを遂行し続ける。あなたは自分自身でそれを選択する。あなたはそれを、自分自身で選択したのだと見なされる。そこでもやはり、私たちは一人称的主体なのであり、どこかで何かを成すときには、一人称的な私が一人称的な私自身の選択で、それを成すものと理解される。

主体には一貫性が求められる。少なくとも他者からはそう見なされる。あるいは、「少なくとも他者からはそう見なされる」と私やあなたが思いこむ、まなざされることの自意識が、人が社会を運営する前提にはある。

しかし、人間は——特にソーシャル上においては——そこまで事前に考えて自らの立場を選択しているわけではない。先に書いたように、人はそれが合理的であるから選択するのではなくて、それに喜んだり、怒ったり、哀しんだり、楽しさを覚えるがゆえに選択する——「いいね」を押し、「RT」を押し、「シェア」を押す——のである。

私たちは、自分が思っているほど合理的でなければ論理的でもない。

私たちが扱うことのできる脳のリソースは有限で、計算は不完全で、認識はつねに誤り、私たちは事実と想像を取り違える。

「人間は」と本書は書いている。「合理的で機械的な存在として他の動物と異なるものとしてみなすのではなく、感情的で身体的な動物の延長線上として、やや特殊な能力を進化的に獲得しただけの存在にすぎないと、次第に考えるようになってきた」

本書第六章では次のようなエピグラフが掲げられる。

ぼくは矛盾している？　いいさ、ぼくは矛盾している。
（ぼくは大きくて、ぼくのなかには大勢の人がいる）

──ウォルト・ホイットマン『ぼく自身の歌』

人は矛盾をかかえる動物である。人が矛盾を避けることはそもそも難しく、より一層難しくなりつつある方向へ、世界は進み続けている。そこでは、矛盾に対する社会的処理の方法が、新たな仕方で考えられなければならない。

矛盾をかかえながら矛盾を引き受け、それでなお、「ぼく」という一人称的主体を保つこと。「いさ」と言いつつ、破滅を避けること。「ぼくのなかの大勢の人」とともに生き続けること。ここでうたわれるそうした主体を、人はいかに想像することができるのだろうか。

SNSの見た夢とその挫折

読みを進める前に少し、筆者の私的な思い出話をはさみたい。

筆者の記憶では、かつて、SNSには新たな社会像に関する希望が託されていた。

今から一〇年ほど前、「Twitter日本語版がサービスを開始し、アーリーアダプターたちがこぞってツイートを投稿しはじめたころには、多くの夢が語られた。まだウェブ2・0という言葉が生きていて、政府2・0や政治2・0、一般意志2・0という言葉が本気で語られていた。本書は二〇〇〇年代から約一〇〇〇年の歳月をかけて書かれ続けた本だと想定されている。だから、本書にも当時の空気感が宿っている。

そのころ、SNSはまだ生まれたばかりの子どもだった。インターネットもまた若かった。ソーシャルという言葉はまだ、ウェブエンジニアやITジャーナリスト、流行り物好きの変わり者たちのための言葉だった。ついでに言えば筆者はそのころまだ一〇代だった。何もかもが若かった。iPhone 3Gのディスプレイを眺める当時の筆者の目には希望が映り込んでいた。時代は変わろうとしていた。何かが変わる予感があった。

断片的であることの可能性。

主体ではなく主張が前景化されることの可能性。

そうした可能性に賭けた、未来の情報社会のための夢想のような議論が、当時は多く広く行われていたように思う。

哲学者でありSF作家であり現在は株式会社「ゲンロン」の経営者でもある東浩紀は、二〇一〇年の著作『一般意志2・0　ルソー、フロイト、グーグル』の中で、Twitterについて次のように分析している。

「ツイッターの呟きは一四〇字を限界としている。だから論理的な説得や有益な知識の伝達には限界がある。転送となると、さらにその条件は厳しくなる（ひとつの発言だけが切り取られ転送されることになるので、情報量は必然的に減ってしまう）。したがって、この発言はリツイートしてよいのかな、この情報は有益なのかな、と読み手に躊躇や反省を求める内容では大きな拡がりは期待できない。結果として、ツイッターにおいては、瞬間的にひとを驚かし、動物的に思わずリツイートボタンをクリックしてしまうような発言こそが、島宇宙の壁を破壊し、何千何万の異質なタイムラインを横断する役割を担わされることになるのである。それは、有益な情報を含んだ内容こそが人々に支持され拡散していく、という常識的な集合知のモデルとはかなり異なった光景だ」

ツイートは断片的なものであり、条件反射を促すものである。

ここまで本稿が否定的にとらえてきたTwitterの特徴が、ここでは反転され、「ゆえに島宇宙を破壊する」と肯定的に解釈されている。

断片的な人間が断片的に意志を表明し、断片的に触れ合っていくこと。論理的に一貫した主体ではなく、非論理的で行き当たりばったりな断片の集積が、データ解析技術によって可視化され、異質なるデータの集合としての、多様体としての社会を構成するということ。友敵の図式が攪乱され乗り越えられ、友と敵の境界が曖昧になる社会をつくること。そうした夢が、ここでは語られていた。

しかしそれから八年が過ぎ、現実はそうはならなかったことを、今の私たちは知っている。現実はその逆で、SNSは一人称的主体が作る境界を色濃くし、友敵の図式を強化した。それはなぜなのか。そして、それはどのようにして乗り越えられるのか。

おそらくは、ここで必要とされるのは、既存社会においてこれまで重要視されてきた、一人称的主体の一貫性に対する信仰を払拭することなのではないか、と筆者は考える。

物理的な社会と論理的なソーシャルは、絶えず両輪で回転するハイパー・サイクルなのであり、それぞれは相互に影響をおよぼしながら発展する。

社会は社会で、ソーシャルはソーシャルでと、個別に独立して生態系を生成することは不可能なのであり、社会の文化はソーシャルの文化へ、ソーシャルの文化は社会の文化へと、絶えず移入をし続ける。

そのために、ソーシャルにおける環境設計は社会における環境設計を考慮する必要があり、断片的な世界を断片的なまま生きるには、既存社会を支える根本原理である一人称的主体の解体と再構築が検討される必要がある。

分人——分解される主体と認識の束

本書はここに至り、哲学者ジル・ドゥルーズの議論を踏まえ、「分人」という概念を導入する。新たな社会を構成する新たな人間観である「分人」について、本書は以下のように概説する。ここでは「分人」という概念が端的に整理され要約されているため、少し長くなるが紹介したい。

「近代民主主義は、一貫した思想と人格を持った個人（individual）が独立して存在している状態を、事実論としても規範論としても理想として想定している。

個人に矛盾を認めず、過度に人格の一貫性を求める社会制度は、人間が認知的な生命体としてもつ多様性を失わせ、矛盾をますます増幅させてしまう。そして、一貫性の強要は、合理化、言い訳を増大させ、投票結果を歪めることになる。

そうした近代的な個人(individual)にかわって、分人(dividual)という概念を提示してみよう。"dividual"は、ジル・ドゥルーズが「管理社会について」という短い論考の中で使った概念である。彼は、現代社会は規律社会から管理社会へ移行しているというミッシェル・フーコーの分析に着目した。権力のあり方が、学校、監獄、病院、工場といった閉鎖された空間における規律訓練から、生涯教育、在宅電子監視、デイケアといった時空間にひらかれた管理へと変容していくという。

規律社会において、人々が同定されるのはサインと番号のペアであり、それぞれ個人(individual)と大衆(mass)のペアを意味している。それに対して、管理社会では、パスワードというコードが重要である。こうした変容はコンピュータという機械によって可能となる。人々を動かすのは、もはや閉鎖された空間での規律を獲得するための合い言葉(watchword)ではなく、パスワードによってひとりが複数の異なるアクセス権を状況に従って得るようになる。こうした、個人/大衆(individual/mass)ではなく、分人(dividual)というべき存在が生まれてくる。ドゥルーズはこのように分人(dividual)を導入する。

そもそも“individual”は、否定の接頭語“in”と「分割できる」という意味の“dividual”が合体し、「これ以上分割できない」すなわち個人という意味になった。しかし、神経科学の知見にあるように、人間は本来分割可能であり、しかもかりそめにも個人として統合してきた規律社会のたがが、もはや外れようとしている。

近代民主主義が前提としている個人（individual）という仮構が解き放たれ、いまや分人（individual）の時代がはじまろうとしている。人間の矛盾を許容してしまおう。そして、分人によって構成される新しい民主主義、分人民主主義（Divicracy=dividual democracy）を提唱することにしよう」と本書は言う。

繰り返しになるが、人間は本来矛盾に満ちた動物である。主体の一貫性とは近代社会の成立とともに構想されたフィクションであり、事後的に・強迫的に身につけられる性質である。しかし、それは人間の生物学的な原理原則に反する規律であり、そうした無理は遅かれ早かれ破綻する。

断片的な世界で、人間は断片化された主体を目指す。

社会はそれでも主体の一貫性を前提とする。

社会は主体に呼びかける。

解体された主体はそれでもなお主体であろうとし、どこか、何か、単純で安易な図式の中へ自分を当てはめる。

破綻した社会と主体に待っているのは、社会と人間のあいだで拡がり続ける齟齬であり、どこまでも続く友敵図式の連鎖である。

連鎖するそのねじれの中で、それでもなお分人であること。友敵を攪乱すること。それを目指すこと――それは、どのようにして試みられるのだろうか。

本書はそこで、細胞単位まで砕かれた分人＝細胞群＝サイボーグ＝「ひとまとまりのイメージではあるが、全体性のイメージではないもの」という新たな図式を提案する。

細胞ネットワークとサイボーグ

二一世紀前半の情報技術について触れておく。

二〇一八年現在、IoT（モノのインターネット）の普及と拡大、精度と品質の向上が進展している。

私たちはスピーカーに話しかけて音楽を流し、スマートフォンを用いて出先から部屋の温度や湿度を調整し、部屋に備え付けられたボタン一つで消耗品の補充を行う。センサーは絶えず私たちの行動データを解析し、最適化された行動の候補を選定し私たちに届ける。私たちは眠っている間も含めて常時ネットワークに接続されている。私たちのライフログは生きている間ずっと蓄積され続け、死に至るまで、あるいは死んでからも解析され続ける。

「センサーデバイスが世界中に張り巡らされるようになるユビキタス時代になると、世界のあらゆる自然現象がネットワークでつながり、ひとつのコンピュータをつくりあげる」。本書はそう主張するが、本書が発表された二〇一三年からたった五年で、そうした予測はほぼ達成されているのだと言っていい。そして本書は、ユビキタス以降のネットワークのありかたとして、次のように議論を展開する。

「私たちが皮膚の境界をもってひとつの個体としてみなしがちなのは、皮膚の内側の細胞同士の相互作用の密度が、別の個体の細胞との相互作用に比べて大きいからである。個体の内側同士のほうが相互作用が強いという前提条件が崩れてしまえば、こうした常識は脆くも崩れ去る。コンピュータの登場によって、物理層と認知層のあいだに万能のミドルウェアが提供されることにより、個体同士を超えた相互作用の可能性がつくりだされる。ある個体の細胞と別の細胞が強く相互作用するようになれば、新しい知性のかたちが生み出されるかもしれない。その姿はあたかも細胞性粘菌が、あるときは単細胞のアメーバ状であり、またあるときは多細胞生物となり、そしてまたあるときは多細胞が合体してひとつの細胞となるかのようである」

ここでは、ユビキタス化したネットワークとIoT、それから来たるべきナノテクノロジーが可能にする「細胞のインターネット」の姿が示唆されている。

一人称を手放した分人たちが、細胞単位でネットワーク接続された世界。細胞をひとつのコンピュータ＝ノードととらえ、現在よりもさらに網目の細かいネットワークがハイパー・サイクルを運営し、ハイパー・サイクルそのものがひとつのコンピュータとして自立駆動する世界。部分ではなく全であり、全であることで一であるような社会＝ソーシャルの可能性。主体性が分解され、私的な境界から溶け出すということ。

一貫した主張や態度や社会的責任ではなく、センサーデータやソーシャルデータ、その他購買情報や位置情報、匿名加工情報に基づく断片的なデータの集積や、細胞単位での代謝データの一つひとつが、来たるべき〈なめらかな社会〉においては、一個の〈人間個体〉として見なされる。技術によって細胞や身体の自律的運動が増強され、そうすることで、これまでの自我や意識をはじめとする人間の定義が変化する。

こうした、人間が生得的に持つ能力を増強したり拡張したりした技術は、ＩＡ（Intelligence Amplifier）と呼ばれ、一般に、サイボーグ技術として知られている。

本書の著者、鈴木健は、国際大学グローバル・コミュニケーション・センター（GLOCOM）で開催された研究会「情報社会の倫理と設計についての学際的研究」の中で、サイボーグ技術について、「（サイボーグ）技術は何を根本的に変えるのか。それはわれわれの自我や自己の概念にほかなりません」と説明している。「（サイボーグ技術と）ユビキタス・ネットワークがともに実現すれば、世界のどこかにあるデバイスを考えただけで動かすことができるわけで、これはかなりさまざまな社会システムに影響を与えることが想像されます」

かくして、生体と機械の混成体であるサイボーグのノードが、細胞レベルでネットワーク接続され、社会の形成を開始する。

細胞ネットワークとサイボーグによる新たな社会がここで実現されるのである。

なめらかな世界とコスモゾーン

分人たちが細胞レベルで結びついた社会の構想。

本書の視野はそこだけにはとどまらず、本書は終章「生態系としての社会へ」に至り、細胞ネットワークを——社会だけではなく——自然生態系にまで拡張することを夢想する。

そこでは、細胞ネットワークに接続される生体は人間に限らず、動物や植物までもが想定される。

鈴木健は次のように書いている。

「なめらかな社会における資源と意思決定の問題は、本来、生態系全体の中で考えるべきであろう。すなわち、人類以外の生物も含めて、資源の貨幣的交換や集合的意思決定を行うことはできないのだろうか。イルカの研究で著名なジョン・リリーは、クジラやイルカに国連の議席を与えるべきだと主張した。これは決して笑い飛ばすような論点ではない。人類が生態系の一部である以上、他の生物の存在を含めなければ、なめらかな社会システムは未完なままである。拡張現実の技術は、現在のところ人間のために使われているが、今後は魚や草花のための拡張現実ができるようになるだろう。情報技術によって人間同士のコミュニケーションのプロトコルが増えたのと同様に、異なる種の間でのコミュニケーションが多様化するのは必然である。人間が虫や鳥や木ともっと交流できるとしたらどれだけすばらしいことだろう。こうした技術の延長線上に、生態系全体としての集合的意思決定や資源配分問題を解決する社会システムを構想することができるはずだ。近代以降、人間は他の動物の頂点に立つ非対称的な存在として世界をとらえていた。だが、人間中心主義の時代は終わりを告げようとしている。なめらかな社会が生態系にまで広がり、より対称性のある社会が可能になるかもしれない」

ところで、書評の本論としては以上であるものの、以下に蛇足を加えたい。

未来のネットワークについて考えるとき、筆者の頭の中にはいつも、子どものころに読んだ『火の鳥』の絵面が浮かんでくる。

宇宙空間を自由に飛びまわる不死鳥。永遠の命をつかさどる黄金の羽根。黒く長い、豊かな睫毛に覆われた美しい瞳。

手塚治虫『火の鳥』において、火の鳥は、コスモゾーン――時空を超えて存在する、宇宙そのものである生命体――であると語られる。

コスモゾーンとは宇宙そのものであり、同時に、極小から極大に至る、宇宙を形成する全ての構成要素をも指す。

そこでは、全ての事物はつながっており、フラクタルな構造を持つと語られる。素粒子も、原子も、細胞も、円環的な構造を持つ一つの運動体であり、それと同様に人間も、あるいはその他の動物も、植物も、微生物も、それぞれが同様の構造を持つ運動体なのである。それらの一つひとつは、独立した生命であると同時に独立した宇宙であり、そして相互に関係しながらさらに大きな宇宙をも形成している。

地球上の全ての生命は、ひとまとまりの生態系を形成しており、同様に、地球を含む惑星もまた、ひとまとまりの生態系として、太陽系を形成している。

太陽を含む数千億もの恒星たちが銀河を形成し、形成された銀河はまた、その外にある数千億もの異なる銀河とつながっている。

こうして宇宙は存在している。

一三八億年の歴史の中で、構成要素は無限に近く循環を続けている。

人間は一つの生命体であり、生命である個体の一つひとつは、やがて役目を終えて力尽きる。

人間は、時間を観測し、時間経過に伴う物質の変化を観測することのできる数少ない動物であり、ゆえに、自分を自分と認識できる時間に終わりが来ることを知っている。

人間は動物である。

人間は、死んでしまう動物である。

人間は、一人称的な動物である。

人間は、感情的な動物である。

人間は、自らが過ごしてきた時間の中で思い出を作り、自らが観測してきた思い出を何度も繰り返し眺め、懐かしみ、思い出と思い出のあいだで揺れる動物である。


死は、一つの生命の終わりである。

けれど、宇宙という巨大な生命体のうちの構成要素としてとらえたとき、人間が生まれて、生きて、死んでいくということは、決して終わりなどではなく、循環する運動の過程として理解することができる。

人間は、生まれ、生きて、死んでいくその運動をもって、コスモゾーン全体の生態系を成立させているのであり、かつてその個体を構成していた細胞は、原子は、素粒子は、再び別の個体へと移ろい、新たな生命を生成し始める。


本書は、二四世紀に生きる未来の人間のために書かれた。

三〇〇〇年先の未来に、私はおそらく今の私のかたちでは存在していないが、かつて私を構成していた素粒子のいくらかは、草や木や虫や魚にかたちを変えて、細胞ネットワークに接続され、細胞レベルで認識可能となったコスモゾーンの中で生き続けるだろう。

そしていつか、私だった生き物は、私の友達だった生き物や、私の妻だった生き物や、私の子どもだった生き物や、そしてそのまた子どもの子どもたちと、接続されたコスモゾーンの中でもう一度出会い、私の知らない言葉を話すだろう。そしてそれは、細胞群＝サイボーグたちの織りなす、完全な、愛の言葉となるだろう。

私たちは完全な言葉でささやき合う。

私たちは愛の言葉をささやき合う。

全てがつながり、全ての意識が独立しながら統合され、全ての矛盾が矛盾として存在するままに統合され乗り越えられた、完全な、なめらかな世界の中で。

＊

愛は決して滅びない。

預言は廃れ、異言はやみ、知識は廃れよう。

私たちの知識は一部分、預言も一部分であるがゆえに。

完全なものが到来したときには、部分的なものは廃れよう。

私たちが今見ているのは、ぼんやりと鏡に映ったもの。

そのときに見るのは顔と顔を合わせてのもの。
私が今知っているのは一部分。
そのときには、
自分が既に完全に知られているように、
私は完全に知るようになる。

だから、
引き続き残るのは、
信仰、
希望、
愛、
この三つ。
このうち最も優れているのは、愛。

――『新約聖書』コリントの信徒への手紙 13章

A8

亡霊の場所
――大垣駅と失われた未来

1

私は岐阜に生まれた。今は愛知に住んでいる。最寄りの駅は名古屋駅だ。

ときどきJR東海道本線名古屋駅で「新快速・大垣行」に乗る。出発から約三〇分、一宮、岐阜、西岐阜を抜けると、JR大垣駅に到着する。

大垣駅を降りて東、国道と田園と小川が流れる景色の遠くで、コンクリートでできた巨大な二つの塔が建っているのが見える。ツイン・タワー、正式名称をソフトピアジャパン・センタービルという、高さ一三八メートルの二つの塔。

私は今、その塔の中でこの原稿を書いている。

ソフトピア・ジャパン。かつて「スイートバレー」と呼ばれた場所。一九九〇年代、当時の知事の命のもと、岐阜県が大垣市に建設した先端情報産業団地。総面積は一二・七ヘクタール、黒川紀章が設計したツイン・タワーを中心に、一七〇社以上の情報通信関連企業が集結し、二〇〇〇人を超えるエンジニアがそこで働いている。メディア・アートやデザインの分野において、国内はもちろん世界的にもよく知られる情報科学芸術大学院大学（通称IAMAS）もそこにある（同校出身者では、ライゾマティクスの真鍋大度が最も有名だろうか）。

二〇一九年にあって、日本政府は今「Society5.0」と呼ばれる新たな社会像を声高に叫んでいる。そこでは情報通信技術を基盤として、仮想と現実が入り混じり、デザイン思考による人間中心主義設計により、社会の全領域において人的最適化が実現されるのだという。ビッグデータとIoT、VR・AR・MR、AIやRPAやロボットがそれらの社会を導くのだという。それこそが「Society4.0」である現代的な情報社会の次の社会、「Society5.0」と呼ぶにふさわしい新しい社会なのだという。

そうした社会構想は、二〇一〇年代に入ってから国会の場で少しずつささやかれるようになった。九〇年代はおろか、二〇〇〇年代においても、真面目な顔でそんな話をするのはSF作家か哲学者、狂人だけだと考えられていた。あるいは当時、SF作家と哲学者と狂人は、同種の人種として一括りにとらえられていた——それとも今も、そこだけは変わっていないのかもしれないが。

現実世界と仮想世界が混交される——九〇年代の現実世界では、誰もそんなことを言っていなかった。政治家や官僚たちには、そんなことは想像することさえできなかった。ただし、一人の知事を除いては。

その知事の名前は梶原拓という。

梶原拓は、二〇一〇年代に検討が開始された情報社会のありかたについて、九〇年代に構想し、そして実践していた。

本稿は、梶原拓の夢見た社会の姿と、叶えられなかった夢について紹介することを目的としている。

2

梶原拓。政治家としての読みは「かじわらたく」。本名の読みを「かじわらひろむ」という。岐阜県出身。京都大学卒業。同大卒業後、旧建設省（現国土交通省）に入省。一九八五年に岐阜県に戻り副知事に就任、中央官僚としての職務を終える。そして一九八九年二月六日。岐阜県知事選に当選し、以降二〇〇五年二月五日まで、四期一六年ものあいだ同職を務めた。

県政においては特に情報通信技術に注目し、九〇年代当時、行政においては誰も見向きもしなかったVR／AR技術に強い関心を寄せ、当時世界に二台しか存在していなかった最先端六面スクリーンの仮想現実環境を県内研究施設に配備した。包括的な活動としては「情報のネットワークが集積し情動が渦巻く場」として「情場」という独自の概念を創出し提唱し定着のために尽力した。着任当初より岐阜県における情報通信産業の発展に注力し、外資系企業の誘致や大学の誘致・創設・共同開発を実施。二〇〇三年には、それまでに誘致した情報通信関連企業や大学、技術開発施設や起業家育成施設を一つの街に集積し——アメリカはシリコンバレーに倣って——構造改革特区「スイートバレー・情場形成特区」として整備した。

二〇〇五年に知事としての任期を終える梶原は、その前に、次なる構想として「三つのI」と「一つのW」というキーワードを掲げていた。「I」とはインテリジェント・ホームとインテリジェント・カー、インテリジェント・シティのことであり、それらのIをつなぐ役割として「W」、つまりウェアラブル端末が位置づけられると主張していた。多くの物体はインターネットに接続され、ソフトウェアとハードウェアの垣根を融解させるようにテクノロジーは発展し、それらのテクノロジーを「住民オリエンテッド」に運営するのが公共の原理なのだと、彼は主張していた。「Society5.0」構想が謳われるおよそ一五年も前のことだった。

二一世紀のはじまりの時代に、梶原は次のように言っていた。

「テクノロジーによって都市は骨格系から神経系になり、やがて思考を持つようになるだろう。

市民コードが運用され、完全な電子選挙が実現され、市民は市民コードによって自らの権利を主張し、双方向的で対話的な技術の進展により情報民主主義が達成され、市民の納税者意識は高揚し、意志決定の速い柔軟な社会が生まれるだろう。そしてそのとき、官僚政治から市民は解放され、新たな市民政治による市民社会が構築されるのだ」

そして、その構想は今、何一つとして実現されていない。

3

私は一九八九年の二月五日に生まれた。奇しくも梶原拓が岐阜県知事に初当選する前日のことだった。私はそれから、大学進学のために上京する二〇〇七年まで岐阜県で過ごした。前述の通り、梶原拓は一六年間知事を務めていた。だから私の人生のほとんどの期間は、梶原政権下の岐阜県で過ごしたことになる。そしてそれは、私の人生に大きな影響を与えている事実なのだと思う。

一つの思い出話をしたい。大垣市より少し南西に向かって進んだ場所、「養老の滝」で有名な養老郡養老町に、荒川修作とマドリン・ギンズによるテーマパーク型のアート作品「養老天命反転地」がある。子供のころ、私と姉と妹は、両親に連れられ、その公園へよく遊びに行った。私たちは壁と家具が溶け合った奇妙な家屋の中をさまよい、丘の上に続く細く狭い道を歩いた。私たちは丘の上で、父親の膝の上に座り、下に広がる草原に向かって、段ボールで作った橇で滑り下りた。そのとき私たちは吹き抜ける風を感じた。初夏の日差しを感じた。緑が生い茂っているのを目撃した。草原に到着するまで、父の腕は私たちを力強く、そして優しく包み込んでいた。それは単なる子供のころの記憶であり、単なる地元の風景に関する記憶である。当時の私はそれがアート作品だとは思わなかったし、むろん行政施設だとは思わなかった。私たちはただ遊んでいた。私たちはただ、そこで遊んでいるだけだった。

養老天命反転地。その施設の建設もまた梶原拓の構想によるものだと知ったのは、それから二〇年以上経ってからのことだった。養老天命反転地を振り返って書かれたエッセイの中で、梶原は次のように言っている。

「養老天命反転地ができた当初、新聞社のインタビューで、「あの公園のこと、わかりますか」と聞かれ、「いや、ようわからん」と答えた。私はあの公園を本当に理解できるのは、子供たちではないかと思っている。養老天命反転地をつくるにあたり一二億円もの県費を使っているのだから失敗は許されない状況であった。もし失敗となれば私も責任をとらなければならず、できあがるまでは確かに心配ではあった。しかしできあがって、子供たちが中に入るなりワーッと驚き、あの中を駆け回り、何も遊具はなくとも自分たちで遊びを創造し喜んでいる姿を見て安心した。私は、あの公園はこれから長い歴史の中で評価が定着するように思う。スペインの建築家アントニオ・ガウディもそうであったように、最初はなかなか理解されなくとも、本物であれば徐々に理解されてくるのではないかと思っている」

梶原は別のインタビューでは次のようにも言っている。

「異色な意見にかえっていい意見があるんです。常識論というのは役に立たない。人間は、夢を持つことが大事だということなんです」

夢を見ること。ここにはないものや人や世界に思いを巡らすこと。私が生業とするSF小説はそのようにして書かれる。そしてそれはおそらく、SFだけに限った話ではない。

梶原拓は政治の分野で夢を見ていた。ロボットの基礎研究に出資し、空飛ぶ車の開発に出資していた。今は生産が停止されているSHARPの小型情報端末「ザウルス」のメモ機能で原稿を書いていた。「これからは市民政治の時代が必ず来る。後世の歴史家が現代を振り返ったら、必ずそう評価する。歴史に鑑みれば、四〇〇年サイクルで政治の主人公は変わる」と親しい人々に話していた。そしてその多くは当時は絵空事だと見なされていた。今なお、SFの多くがそう見なされているのと同様に。

先日、岐阜で新聞記者をしている友人と飲みに行った。他愛のない話をたくさんした。よくある流れの一つとして、夜が更けてゆき、酔いが回ってゆくにしたがい、居酒屋政談に多くの時間が割かれていった。彼は岐阜の政治に詳しかった。彼は「梶原がやったことは、所詮は箱物行政だよ」と言った。「結局は何も実らなかった。残ったのは抜け殻だけ、何も意味なんてないんだよ」

「今は？　今の県政は？」と私が訊ねると、彼はしばらく口ごもったあとでこう答えた。「今は何もない。何も起きてないし何も建ってないよ。でも、何もしないほうがいいんだ。この街にとってはそれでいいんだよ。少なくとも、無駄なことをするよりは」

私はそれ以上は何も言わなかった。けれど、友人の言っていることは間違っていると思った。

4

二〇〇二年、首相官邸主催の会議「高度情報通信ネットワーク社会推進戦略本部」における発表資料内で、当時の梶原は、「バイオテクノロジー」「ナノテクノロジー」に注目しているとしたうえで、日本の情報通信インフラは、それらの技術を普及させるためには整備不足であることを指摘していた。彼は、まずは情報テクノロジーへ、次にバイオテクノロジーやナノテクノロジーへ、というように公共投資の段取り／戦略を構想していた。彼は、「市場の原理に委ねたままではテクノロジーは発展せず、公共の原理によってテクノロジーに投資する必要がある」ことを資料の中で主張していた。そして、そのためには夢が必要なのだと彼は言っていた。

梶原は一般に、「情報の人」と評価されてきたが、彼の夢はそこに留まるものではなかった。彼にとって情報通信技術とは、未来に向かうための土台に過ぎなかった。それは手段に過ぎず、目的ではなかった。しかし、誰もそのことを理解していなかった。

そしてそのことを理解する者は、もう現れることはない。夢は今、忘却の彼方にある。梶原は二〇一七年に死んだ。二〇〇六年に指摘された「岐阜県庁裏金問題」の余波がまだ残っていた。当時梶原の秘書を務め現在は岐阜市議会議員である和田直也の回想によれば、事件以後、梶原のもとからは「潮が引くように人々が離れていった」のだった。

梶原はもういない。夢を見る者はいない。構想は終わり、情場形成特区は終わり、その後のソフトピアに進展はない。今では梶原に取り残され、抜け殻になった二つの塔が、大垣駅の国道と田園と小川が流れる景色の向こうで、亡霊のように揺れている。彼がまだ生きていれば違ったのだろうか。あるいは彼の意志を継ぐ者がいれば違ったのだろうか。夢見る誰かが残っていれば違ったのだろうか。けれども現実はそうではない。ここでは何も起こらない。新しいことなど何もない。今では誰も夢を見ない。今では誰も、未来に思いを巡らすことはない。かつてあった未来のことを、もう誰も覚えてはいない。

大垣は亡霊の場所だ。ここで未来は途切れている。未来は失われている。コンクリートの塔の中で、私はそんな風に思っている。

一〇代のころ、岐阜で暮らした私はもういない。けれども私は、今もときどき、名古屋駅から大垣駅へ向かい、ソフトピア・ジャパンの周辺をさまよい歩く。かつてそこにあった、かつてその中で私が生きていた、失われた未来を思いながら。

A9

中国日記 二〇一九年七月一五日―七月二一日

■五月一二日

夏に仕事で中国に行くことになった。七月一六日から一週間。成都と北京と陽泉。中国に行くのは初めて。あまりない機会なので、忘れないように日記を書いておこうと思う。

■七月一五日

中国行きのための荷造りをする。服を詰めて何冊かの本を入れる。妻が「キャリーバッグだと、人に預けている間に鍵を壊されて中身を盗まれるかもよ」と脅すので、できるだけ荷物を減らし、一つのリュックにまとめる。外貨両替所に行って円を元に両替する。名古屋で一番安い交換レートの両替所を調べて向かった。着くと、壁に取り扱い可能な通貨に「人民元」と書いてあった。「日本円を人民元に換えたいのですが」と言うと、金髪の店員が「人民元？　中国元のことね」と答え、壁に書いてあるのはなんなんだと思って笑ってしまった。金髪の店員はその場でGoogleを開いてレートを確認し、「今一元は一五・六円だから、一六円ね」と言った。あとで銀行でもレートを訊いてみたら、一七・六円と言われた。その店のレートはたしかに安かった。

飛行機の搭乗時間が早く、朝に名古屋から移動すると間に合わないとのことで、前乗りするために名古屋から成田へ向かう。成田に行くのは初めてで、東京から九〇分かかることを知り驚く。三連休の最終日で、新幹線の中が混んでいる。品川から横須賀線で成田空港行きの電車に乗ると、タトゥーがたくさん入った、身体も声も大きな白人男性の集団がいた。吊り革に雨傘をぶら下げて、サンドバッグのように叩いたり避けたりして遊んでいた。吊り革と雨傘でそんな遊び方をするのを見たのは初めてだったので、妙に感心した。電車の中でアーサー・C・クラーク『2001年宇宙の旅』を読んだ。

成田に着く。名古屋よりだいぶ寒く感じる。WeChatPayにチャージしようと三階に向かうと全てのゲートが閉まっていた。警備員が来て「朝七時一五分までゲートは開かない」と言うのでチャージを諦める。WeChatの機械があるのは61番ゲートで、コーヒー屋さんの前だと教えてくれた。いい人だった。

▪七月一六日

目を覚ました。昨夜は成田の東横イン1341号室に泊まった。朝食の開始が六時三〇分で、送迎バスの出発が六時四〇分だと教えてもらった。朝食には間に合わないので、諦めてそのまま空港に向かうことにする。部屋の窓から外を見ると視界がひらけた。飛行場のようになっていて、たくさんの飛行機が並んでいた。雨が降っていた。傘は持っていなかった。荷物になるので買うつもりもなかった。まだ眠かった。昨夜の入眠は三時頃だった。水を飲んでシャワーを浴び、部屋の外へと出る。今朝はとても寒い。半袖よりも長袖を着た人のほうが多かった。バスに乗り込むと、カップルがスマホを見せ合い、「この写真、エモいでしょ」と言って笑っていた。

空港に着く。中国で一緒に仕事をする編集者、カメラマン、通訳の人たちと落ち合う。通訳の人から、中国は北と南で文化が全然違うというような話を聞く。通訳の人は南の方の生まれで、北は苦手なのだと言う。日本で言えば関東と関西で違うみたいな感じかと訊くと、そんな感じだと言う。WeChatPayがサービスダウンしていてチャージができず、現金でも問題ないかと訊くと、「大丈夫、中国では現金の受取拒否は法律で禁止されてるから！」と言われ、法律で禁止しないといけないほど事例が多くあったのかと思って笑った。最初の行き先の成都は、中国語で「チェンドゥー」と発音するのだと教えてもらう。搭乗時間まで、みんなで音楽の話とかをして時間を潰す。

成都行の飛行機に乗る。飛行機の中で、置いてあった中国の新聞を手に取る。中国語のタイトルは見たことのない漢字で読めなかった。英語で「GLOBAL TIMES」と書いてあった。一面の大見出しに「宇宙」と書いてあり、何かのパレードの写真が使われていた。見出しにエクスクラメーション・マークやクエスチョン・マークが多用されているのが面白いなと思った。飛行機が飛ぶとみんな眠った。日記を書いて、僕も眠った。

成都着。入国ゲートを抜けようとして、荷物検査で止められる。空港職員に「本がたくさんあるが、何の目的で持ち込む気だ」「この本には何が書いてあるんだ」と英語で聞かれ、本を一冊ずつ開き説明をする。「中国のサイエンス・フィクションを学びに来たんです」と言い、『三体』を見せると信じてもらえた。職員の間で「リュウ・ジキンの『三体』だ」と中国語で話しているのが聞こえた。「学生?」と聞かれ、「はい」と答えると、「オーケー」と言って笑って送り出された。中国は本には厳しいらしく、そして『三体』は有名らしい。

空港からホテルへ移動。タクシーで一時間ほど。窓を開けて成都の景色を眺める。霧のかかった荒野の奥に、窓の多い角ばったマンションが乱立しているのが見える。色とりどりの鏡面ガラスに覆われた、近代的な巨大ビル群が見える。ショッピングモール、多国籍企業のオフィス、大手チェーンの入ったテナント。それらの間を縫うようにして、掘っ建て小屋が敷き詰められているのが見える。にょきにょきと、あたかも建物が自律的に発生し増殖し繁殖してきたかのような、非設計的で統制のない街並み。それらの景色を横目に、タクシーは速度を上げていく。車道を走る自転車、歩道を走る車。鳴り止まないクラクション、エンジン音、自転車のベルの音。バイクは基本ノーヘルで、スマホを見ながら縦横無尽に車線をまたいでゆく。信号のない横断歩道。歩行者たちは煙草を吸いながら、排気ガスを吐き出すバイクとバイクの隙間を、器用に掻き分けながら歩いてゆく。郊外として、都市として、日本のそれと機能を同じくしながらも、日本の都市が辿らなかった／辿れなかった、もう一つの、可能な都市の生態系が成都には広がっている。そんなことを思いながらタクシーに乗っていた。

ホテルにチェックインし、荷物を置いてから、成都の市街地へと散策に出る。道も、看板も、建物も、人の量も、何もかもスケールが大きい。写真を撮りながらボサッと歩いていると、車に轢かれかけたり、バラの花を持った物乞いの子どもに抱きつかれたりした。しばらくぶらついたあとで、書店「fang suo」に入る。SFコーナーで小川一水、鈴木光司、石黒達昌の中国語訳を見つける。SFコーナーは「サイエンス」のコーナーと「哲学」のコーナーに併設されていた。日本の書店だと「SF」ジャンルでコーナーが作られているのも珍しいし、鈴木光司や石黒達昌をそのコーナーに置いていたり、アカデミックなノンフィクション・ジャンルと併設するのも珍しい。中身を理解していないとできない、玄人的な棚の作り方だと思う。ただ、残念ながら中国の老舗SF雑誌「科幻世界」は置いていなかった。なお、リュウ・ジキンの作品は「売れてる本コーナー」にあった。同コーナーには他に東野圭吾や村上春樹の本など。『三体』中国語版を買って帰る。値段は三〇元（日本円で四八〇円）ほど。

タピオカを飲みながら打ち合わせ。実態はほとんど雑談。通訳の人から、「中国では中学の政治の授業でマルクス主義と毛沢東主義を暗記するので、全ての国民が唯物論者なのです」という話を聞く。ただし毛沢東は、「文化大革命という悲劇を起こした人物」としての側面を多く学ぶとのこと。「知識としては押さえているけど、毛沢東が偉い人なのかどうかはよくわかってない中国人が多い。とりあえず、私は文革の時代に生まれてなくてよかったです」と、通訳の人は話した。夕食を食べながら中国SFの日本での盛り上がりについて説明。「中国でSFが盛り上がってるなんて初めて知りました」と驚かれる。「私は残念ながら、小さな頃からSFは苦手なんです」とも。四川料理屋で牛肉のスープと回鍋肉、豆の炒め物を食べた。どれもとてもおいしかった。帰りにコンビニに寄って、ウサギの肉でできた菓子を勧められて買う。ホテルに戻り今日は解散。明日は一〇時にロビーに集合。

■七月一七日

起床。集合時間までまだ少し余裕があるので散歩。読書。上半身裸で歩いている人がちらほらいる。この街は、秒刻みで、あるいは数メートル刻みで、未来を感じたり、過去を感じたり、都市を感じたり、田舎を感じたりする。多様な時間が混在している。風景が目まぐるしく変わる。QRコードを読み取って鍵が開く、泥だらけのモバイルバイク。スマホで話しながら歩く上裸の男。令和のありうる姿と昭和のかつてあった姿、日本にあっては異質なるもののイメージが、中国では違和感なく同居している。

集合。成都市内にあるというSF博物館へ向かう。吹き抜けのある、真四角のビルを散策。博物館のある住所に着いてもそれらしきものはなく、代わりに何かの会社のオフィスが入っていた。オフィスの外にポスターが貼られており、「三体」の文字列がある。オフィスを訪問し、「ここは何かをしている会社なんですか?」と訊くと、「SF専門の出版社です」と言う。「二〇一六年からここで仕事をしています」と。僕は日本のSF作家で、樋口という者だと伝えると、僕の名前を知っているという。SF関連の雑談をし、盛り上がる。「フィリップ・K・ディックとか、ニューウェーブやスペキュラティブ・フィクションも、当然中国でもSFとして読まれている」「ケン・リュウやテッド・チャンは中国でもとても人気。テッド・チャンの短篇は完璧だと思う」「グレッグ・イーガンはストーリーが破綻していて設定がやたら難しいので中国ではあまり読まれていない」「僕は日本のSFが大好きで、きっかけはエヴァンゲリオンだった」などなど、そのまましばらく雑談していると、「今日は社長がいないが、明日はいるので、もしよければ明日もう一度ゆっくり話しましょう」ということになり、明日の朝にもう一度訪問することになった。最後にみんなで集合写真を撮って別れた。

昼食。それから次の目的地の確認。散歩。

中国の老舗SF出版社である「科幻世界」の取材へ向かう。詳細は「STUDIO VOICE vol.415」に掲載されるため割愛するが、初めて知ることばかりで刺激的だった。中国のSFについては日本での注目度も高く紹介も始まりつつあり、それなりに自分で事前に調べてもいたので、ある程度知っているつもりだったけど、実際に最新の事情を聞くと日本で流通している情報とはかなり異なることがわかった。管理社会だからどうだとか、共産主義国家の歴史があるからどうだとか、著しく経済が成長している国だからどうだということはほとんどなく、ジャンル間の交流や越境、作品の多様化が進んでおり、かいつまんで言えば、日本SFが直面している状況とほとんど同じだなと思った。中国SFは宇宙を描くものが多かったが、二〇一〇年代以降は、若い書き手を中心に、社会不安や政治批判をテーマとする「科幻現実主義」という新たな潮流も生まれ、多様化は進んでいるらしい。中国では日本のSFもまた注目されており、山田正紀や神林長平、飛浩隆、野尻抱介や小川一水の中国語翻訳本、「科幻世界」の日本SF特集号を見せてもらう。日本SF特集号では小林泰三や冲方丁、上田早夕里といったベテランから、六冬和生のような新人まで広く取り扱われていた。

現地SFコミュニティの編集者・作家たちと夕食を食べながら交流。「人気のある日本のSF作家は誰ですか?」と訊ねると「上田早夕里」だと返答された。日本の作家についていろいろ話したが、伊藤計劃や円城塔はあまり知られていないようだった。「日本で『三体』のような作品はあるか?」と訊かれたので、小川哲『ゲームの王国』を挙げ、おおまかなあらすじを伝えると、「政治的な内容が強そうなので、中国での出版ができるかどうかはわからない」と苦笑いをされる。「他にはないか?」と訊かれたが、うまく挙げられなかった。「成都で一番有名なのはSFではなく、火鍋だよ」と冗談交じりに招待されたお店の火鍋は、確かに日本で食べるものよりもずっとおいしかった。

ホテルに戻り、ロビーで明日に向けた打ち合わせ。中国の音楽についての話を聞いたりする。WeChatのグループでムーブメントが醸成される文化のこと。中国のクラブカルチャーやヒップホップのリリックのこと。日本に帰っても、WeChatの状況はフォローしておいたほうがいいなと思う。明日は八時に集合。

■七月一八日

昨日偶然出会ったＳＦ系出版社「八光分文化」（二〇一六年創業のスタートアップ企業）を再訪。取材。詳細は「STUDIO VOICE vol.415」を参照。

昼食。「八光分文化」の方々が招待してくれた。みなさんの身の上話や好きなＳＦの話をして盛り上がる。「日本のＳＦ作家の石黒達昌はみんな好き」と言うので、「石黒達昌は日本でもとてもリスペクトされているけど、広く読まれているとは言い難い。多くの作品は絶版になっている」と言うと不思議そうな顔をされる。「日本では石黒達昌のような難解な小説は、熱狂的なファンを作るけど広くは売れないのです」と加えると、「石黒達昌は全然難解じゃないよ」と言われ、それは本当にその通りだな、と思う。他にフィリップ・Ｋ・ディックやスタニスワフ・レム、ホルヘ・ルイス・ボルヘスやミシェル・ウエルベックの話をする。まさか、中国でウエルベックの話をするとは思っていなかったので感激。『素粒子』は中国語で『基本粒子』というらしい。「そういう小説が好きなら、樋口さんの小説も、中国語に翻訳したらきっとよく読まれますよ」と言ってもらえるが、たぶんそんなことはないだろうな、と思う。WeChatで連絡先を交換して別れる。

八光分文化の方が教えてくれた成都市内にある「fang suo」以外の大型書店へ（名前をメモるのを忘れた）。テッド・チャン、フィリップ・K・ディックが平積み。SF棚の他にSFミステリの棚があり、そこに太宰治の『人間失格』が平積みされていて笑ってしまった。なんでもSFとつければ売れるくらいSFがブームなのだろうか。平積みされていた他のSFミステリには伊坂幸太郎や東野圭吾など。あと、ロベルト・ボラーニョ『2666』が八〇元（一三〇〇円くらい）で驚く。日本だと八〇〇〇円くらいだったはず。

夕食。京都で放火事件があり、京アニでたくさんの人が亡くなったことを、WeChatの中国SFのグループで知る。グループチャット上でたくさんの中国人たちが事件を悲しんでいた。

成都は音楽も盛んらしく、クラブへ行ってみようという話に。ホテルを出て、三〇分ほど夜道を歩く。

成都市のクラブ（一軒目）「NOX」へ。入ったときにやっていたDJはアニメからサンプリングしまくる系のダブステップ。全体的にノリがゼロ年代（ネットレーベル勃興期）の日本っぽい。『君の名は。』のサンプリングでベタにめちゃくちゃ盛り上がっていたことと、『さらざんまい』がもうサンプリングされていたことに驚く。マルチネや分解系を熱心に聴いていた頃のことを思い出し、ノスタルジーを感じてエモい気分になる。

編集者に誘われ二軒目のクラブ「PLAYHOUSE」へタクシーで移動。クラブをはしごするのは人生初（編集者曰く「海外に来たらクラブを回って取材するのは普通ですよ」とのこと。マジか）。二軒目のところはかなりでかい。音もでかい。設備もすごく凝っている。あとなんか大量に紙吹雪を飛ばしたりしていてかなりバブル感があった。音はダブステップ。シートチャージのある固定テーブルがいくつかあって、そこら中で謎のキャバクラ的空間が広がっている。出ようとしていたところ、編集者に「サブフロアもありますよ」と言われ、フロアを移動。サブフロアはヒップホップをかけていて客層もバブルっぽくなく、比較的居ごこちがいい。音響はどこも良い。あと木曜日なのにかなり人が多い。客の年齢層は低めで、人種も多様。フロアを出てから、編集者とカメラマンと「留学生と金持ちのボンボンの子どもが遊んでいるのだろうか？」みたいな感想を言い合う。風景が目まぐるしく変わりすぎるので、その場で日記を書き始める（今のことだ）。

三軒目「TAG」へ。タクシーに乗り、三〇分ほどで成都の南、オフィス街に着く。公式サイトでは「オープン」とあったものの、現地到着するとクローズしていた。タクシーでホテルへ帰る。「TAG」は普通のオフィスビルの二一階にあり、驚いていると、「中国では普通のビルの上の方にクラブがあるのは割と普通」と編集者。防音とかはあまり気にしないらしい。

ホテルへ戻り、小腹が空いたので夜食。コンビニで買った「紅焼牛肉面」。四川料理のスパイスの香りがしておいしい。おみやげ用にもう一つ買っておいてよかったと思う。明日は一一時に集合。ホテルをチェックアウトして成都を離れ、北京に移動予定。

■七月一九日

早めの昼食をとり、北京に向かうため空港へ移動。通訳の人は普段は広告会社で働いているらしい。タクシーの中で広告業界の奇人・変人エピソードを聞いて爆笑する。

成都を出る。飛行機に遅れかけて少し走る。飛行機の中で雑誌を読む。子育てや教育に関する記事や広告が多い。日本でよく見かけるビジネスマン向けのファッションやホテルや観光に関する記事はあまりない。雑談の中で通訳の人が言っていた「中国は子どもをとても大切にする。子どもは国の宝だから」という話と、「中国の受験戦争の激しさを日本人は想像できない。大学は、市内と市外で合格者数の枠が決まっていて、市内在住者に有利な仕組みになっている。北京市外の人が北京大学を受けるとき、市外在住者全員と小さな市外枠を争うことになるので、数十万倍の倍率を戦うことになる」という話を思い出す。僕が受けた大学の倍率は一〇倍で、会社の倍率は二倍か三倍、ＳＦの新人賞の倍率は三〇〇倍か四〇〇倍くらいだった。僕は競争社会を経験したことがない。それが良いことなのか悪いことなのかはうまく考えることができない。飛行機は飛び立って、少し眠った。

北京のホテルに到着。北京は成都に比べるとかなり整然とした都市。場所によるのかもしれないけど、ホテル周りは東京に似ている印象。歩きながら、『折りたたみ北京』を持ってくればよかったと後悔。ホテルで明日の取材の打ち合わせ。夕食。

ホテルに戻り、ゲンロンカフェの中国ＳＦに関するトークイベントをタイムシフト視聴しつつ編集者と打ち合わせ。小松左京、総合小説としてのＳＦ、加速主義、中華未来主義について話す。失われた未来の夢を見ること。

打ち合わせ終了。ホテル近くを散策しつつコンビニへ買い出し。明日は六時集合で陽泉へ移動予定。

■七月二〇日

雨が降っている。北京を出発する。車で山西省・陽泉へ向かう。五時間くらいかかるらしい。

みんな車中で寝る。ときどき目が覚めると、景色が田舎になっている。実家の夢を見る。

河北省に到着。さびれたサービスエリアで休憩。飛んでいる蠅の多さと大きさがすごい。トイレに入ると一面に貼り紙がしてある。そこら中の個室から、スマホで音楽を聴く音が漏れ聞こえてくる。

山西省に到着。当然ながら、成都や北京と比べると田舎。舗装されていない道路。床に段ボールを敷いて眠る人。蠅の群れ。放し飼いの犬。雨で遊ぶ子ども。腹痛に襲われ、民家でトイレを借りる。灯りのスイッチがどこにあるかわからず、スマホの懐中電灯アプリを光源にする。食欲が出ず、昼食はパスする。同行者たちが昼食を終えトイレに向かう。テーブルで待っていると、知らないおじさんがやってきて隣に座り、みんなの食べ残しを食べ始める。おじさんが食べる様子を見ていると目が合って何かを言われた。僕は席を離れた。外へ出ると、数匹の犬が雨の中を走り回っていた。

陽泉を散策。まだお腹の調子がおかしく、ショッピングモールで念のためもう一度トイレに。入ると紙がなく、聞けば自ら持参するスタイルらしい（そしてそれは中国では割と普通らしい）。薬局でティッシュを購入し再びトイレへ。

取材。『三体』の著者、リュウ・ジキンさんの家。詳細は雑誌に掲載されるため割愛するが、本当に良い人だったし本当に良い話を聞けた。本当に、とても良い経験になった。本を読んだあとは、外に出て、星空を見上げること。

行きと同じ車で、陽泉を出て北京へ戻る。予定の仕事を全部終えて気が抜けたのか、体調がおかしくなる。頭痛と少しの発熱。薬をもらって、少し眠る。目がさめると、行きにも来た河北省のサービスエリアに着いていた。とてつもない悪臭。どうやら家畜小屋が並ぶエリアらしい。車の中にも臭いが入ってきて、あまりの臭さに笑ってしまう。

北京に到着。夕食。「北京のクラブも行ってみましょう」ということでクラブへ。二六時頃ホテルに戻り、就寝。今日はとても疲れた。明日は日本に帰る。月曜からの仕事のことを思い出す。寝て起きたら、この日記ももうおしまい。

A 10

生起する図書館

――ケヴィン・ケリー『〈インターネット〉の次に来るもの』

「それはなにかの引用ですか?」

「たしかに。もはや、われわれには引用しかないのです。言語とは、引用のシステムにほかなりません」

「これが私の作品です」と彼が言った。

私はそれらのキャンバスを注視し、一番小さいもののまえで、立ちどまった。それは、落日を表現、いや、暗示しており、なにか無限のものを包蔵していた。

「もしお気に召したら、未来の友人の記念に持って行ってもいいですよ」と、彼はごく当たり前の口調で言った。

私は礼をのべた。しかし、別のキャンバスが心にひっかかった。空白とはいえないが、空白に近いものだった。

「あなたの昔の目には見えない色で描いた画ですよ」

繊細な手が、竪琴の絃をかきならしたが、とぎれとぎれの音しか聞きとれなかった。

——ホルヘ・ルイス・ボルヘス『砂の本』より

＊

一二の不可避な事実。予告された生成の記録。

最初に書物が現れる。あなたはそこに入り込む。存在するはずのない、しかしそれでもなお存在する、どこを見ても最初でなく、最後でもない、無限であり、周期的であり、全宇宙的である無数の書物の中へと散りばめられて。

ホロス。観測された、すべての書物の集合。あるいはそれはこうとも呼ばれる——ユニバーサル図書館。その図書館は永遠を越えて存在する。ガラスと銅、それから電波によって接続された神経網。この宇宙に存在するすべての時間、すべての地点、すべてのプロセス、すべての人々、すべての人工物、すべてのセンサー、すべての事実とすべての概念がつなぎ合わされた、想像不可能なほどに複雑で巨大なネットワークの集合体。ハイパーリンクとハイパーリンクが交差する、絶えず動く家。穿たれ閉じる、無数の窓。

そこに住まう私たちは、空間のいかなる地点にも存在する。書物は時間の中で旅をする。そこにはもはやピリオドはなく、コンマもなく、アルファベットであることも、そもそも言語であるとも限らない。図書館には、書物や新聞や雑誌のほかに、古今東西のあらゆるアーティストが生み出した絵画、写真、映画、音楽、ビデオゲームが収蔵されている。あるいはすべてのテレビやラジオの放送番組やCMも。もうオンラインでは見られない何十億もの昔のウェブページや何千万もの消されたブログポストも――私たちの時代のはかない創作物として――保管される。シュメール人たちが粘土板に刻んだすべての文字列、三億一〇〇〇万冊の書物、一四億のジャーナル、一億八〇〇〇万のポップ・ソング、三兆五〇〇〇億のポートレート、三三万本のフィルム、一〇億時間分のテレビドラマやアニメーション、六〇兆の公開されたウェブページ、購買履歴や発言履歴、移動、行動、振る舞いや、それから医療データ、ゲノムデータに至るまで――つまりは、人類が生み出してきたすべての作品、すべての履歴、人類の歴史が始まって以来のすべてのものが、すべての言語で、すべてのコードで、すべての人に向けてつねに開かれる。あらゆる時空のあらゆる座標で。

そこにはすべての意味でのすべてがある。そこではすべてが存在している。存在するということは持続するということで、そこではつねに、すべてのできごとに対するメンテナンスがほどこされる。

　生起する図書館。未だ建設途上にある、永遠に未完の、データによって明滅する網状の宇宙——ドキュバース。そこではすべてが生成し、認識され、流動化し、可視化され、接続され、共有され、選別され、混在し、相互作用し、追跡可能な形で、問いを含み、問いに含まれ、というに失われた始めの始まりから始まりを含み、始まりながら始まりが始まっていく。ビットでできたその図書館は、過剰に動きたがり、過剰にリンクされたがり、過剰にリアルタイムで気づかれたがり、過剰に複製され、過剰に模倣され、過剰に二次創作として拡散されたがり、過剰にメタ情報になりたがる。遺伝子が利己的で、利己的な遺伝子が自らを複製することを望むように、デジタル宇宙の遺伝子たるデータもまた利己的で、利己的なデータは自らを複製し拡散するための〈図書館たち〉を求めて漂う。テクニウムが分岐し再帰し自己組織化し自己拡張するのと同様に、加速するテクニウムの流れの中で、データも絶えず動き続け増え続け、自律的に拡張し続けるのだ。遠くない未来に、私はそれを、単なる生活として知るだろう。目の当たりにするだろう。手で触れるだろう。あるいはすでに、私はそれを知っている。私はそれを知っていた。知っていたはずだった。もしや知らないとでも？

　過去の話だ。今から五〇年以上前のこと。ウェブの総数は二〇〇〇年代の後半には六〇兆を超えていた。そのころのウェブは、生まれてからまだ、八〇〇〇日も経っていなかった。

そのとき私たちは見た――二〇〇〇年代の初頭には五〇〇〇万ものブログが立ち上がり、二〇一〇年代には毎分六万五〇〇〇本もの動画がウェブにアップされるようになるさまを。世界中の若者たちが数十億ものちょっとした動画を撮影し、それに対してまた書き込みし、書き込みのURLをまた投稿するさまを。目撃した。目撃し続けた。私たちはそれを目撃していた。そこでは何かが始まっていた。それが何かということは、そのころの私たちにはまだわからなかったのだが、今ならわかる。今の私たちならば。

やがてハイパーリンクはデジタル情報をつないでゆき、ビデオゲームの中で起きていることはニュースと同様に検索可能になった。すべての動画が検索可能になり、ユーチューブの中で起きていることも、その他のあらゆる動画サイトの中のことも、静的なテキスト情報と同様に把握可能になった。あるいはそれは、ソフトウェア空間だけでなく、ソフトウェアが侵食するハードウェア空間においても同様に起きつつあった。そのときすでに、物理的なものは物理的であるだけではなく、情報的なものでもあった。そこでは、ハードウェアとソフトウェア、物理と論理、具象と抽象、生物と情報、数理と詩が同等なものとして処理された。IoTデバイスとARデバイスが、それまでの――物理的でしかなかった――現実を書き換えたのだ。二〇二〇年代にはあらゆるものにセンサーが取り付けられ、IoTデバイスとしてインターネットに接続され、ARとして視認され、そうして私たちは、手の中のスマートフォンで、たとえば自分の部屋を検索することができるようになった。温度センサーや音響システム、冷蔵庫の中の状況や洗濯物の乾き具合を、私たちはスマートフォンで知ることができるようになった。そのころから機械学習の精度が加速度的に向上し、機械は私たちのウェブの利用パターン、生活習慣、それから過去のウェブの文脈を学び始めた。そしてそれは未来に対しても同様だった。それから約三〇年が経ち、二〇五〇年代に入ると、あなたはある程度の未来——数十秒、数分、あるいは数時間先の未来——が予測可能になった。

あなたは目を覚まし、朝食をとり、会社に向かう。そのあいだにもずっと、学習するウェブはあなたのためにあなたの行動パターンを解析し、あなたの意図を読み取ろうとする。そうして学習するウェブは、会議が始まる前に、必要なファイルをあなたに送付する。会議後には、上司や同僚や部下たちと何を食べに行けばいいのか提言するために、その日の天気やあなたのいる場所、今週食べたもの、以前に上司・同僚・部下たちと食べたものなど、その他あなたが考えそうなさまざまな要素を考慮する。そのころのウェブは、わざわざジャック・インして入り込む外部的な場所などではなく、あなたの存在の一部、あるいはあなたの存在そのものと言うべきものになっていた。それは、目には見えないが常時存在する何かであり、あなたの外にあるが、あなたの中に入り込んでいるものでもあった。そのすべてがあなたであるわけではないが、すべてがあなたではないとは言い難く、それがあるからあなたであるのか、あなたがいるからそれがあるのか、あなた自身にはわからなかった。それは、一言で言えば、宇宙と呼ばれるものであり、その宇宙は原子ではなく、あなたが生きる物語でできていた。やがて物語は増え続け、すべての物語は図書館の中に所蔵されていった。

その図書館には完成品は所蔵されない。完成はなく、完了はなく、何も終わらず、目に見える成果物はなく、変化だけがある。決して終わることのない変化だけが、分散された中心として存在する。永遠に、生起しつつある途上にあること。それこそが次に来るものだ。プロセスがプロダクトを凌駕する——それこそが来たるべき現象だ。予測可能で不可避なものごと。創造されるあらゆる必然。傾向性、志向性、法則性。原理と原則。テクニウムの見る夢——あなたはそれを知っている。あなたはそれを知っていた。あなたは網状に広がるハイパーリンクに接続された、無数のビットの無数の情報の一つの例として、この文章を読んでいる。PCで、タブレットで、スマートフォンのブラウザで。あるいは複製された文字列。テキストファイル、ドキュメントファイル、画像、スクリーン・ショット、それともインクジェット・プリンターによって出力された物理的な文字列。何を用いてどう読もうとあなたの自由だ。あなたがそれを気にかける限り、あなたはそれを読んでいる。たとえばあなたがそこに何かを書き加えようと、切り刻もうと、別のテキストや別の絵や別の写真の中に混ぜ込んだり、その中にまた異なるテキストや絵や写真を混ぜ込もうと、その書物はその書物のままだ。固定化された名詞の世界から、流動的な動詞の世界へと移行していくこと。生まれること。生きること。それはあたかも、あなたを形成する細胞のすべてが入れ替わったとしても、あなたがあなたであり続けるように。あなたが年老いて、皺が増え、白髪になり、目がかすみ、耳が遠くなったとしても、あるいは何かの事故や何かの病で、あなたがあなたの身体を失ったとしても、それでもなお、あなたはあなたであり続けるように。

広大な図書館に、同じ本は二冊ない。すべての書物は引き裂かれる。すべての書物は変わり続ける。すべての書物はそれを避けることはできない。すべての書物はそれを望んでいる。すべての書物は読まれ、引用され、話され、編集され、利用され、拡散されることを望んでいる。すべてのデータは無限に向かって突進していく。

すべては動いている――テクニウムの志向する方角に向かって。想像可能なものは実現可能なもので、それはたとえば一〇〇年前にH・G・ウェルズが〈世界脳〉と呼んだもの。あるいはテイヤール・ド・シャルダンが〈ヌースフィア〉と呼んだもの。それとも〈グローバル・マインド〉や〈集合精神〉と呼ばれたもの。本書でケヴィン・ケリーが〈ホロス〉と呼んだもの。そこでは全ての人は九〇億ものデータとなって、リンクとリンクで交差しあい、機械と協働し、サイボーグと協働し、社会を形成し、自然と一体化し、〈ホロス〉としか言いようのない、図書館のような一個の生態系を形成している。図書館では、四〇億の携帯電話と二〇億のコンピュータが地球を覆う大脳皮質を形成し、一五〇億のデバイスが回路に接続され、八六〇億のニューロンが生成するデータを処理している。一〇の二一乗個のトランジスターが一ギガヘルツのクロック周波数で動作し、毎秒一〇〇万のメール、一〇〇〇億のチャットを処理し、毎秒一〇テラビットのデータ量を、六〇〇エクサバイトの容量を持つ外部記憶装置へと流し込んでいる。人々は毎秒一〇〇〇億のページをブラウジングし、システムを支えるバックボーンとなるネットワークは五一〇億ヘクタールに広がり、四〇億の人間のニューロンが一五〇億のマシンに向かってリアルタイムで発火している。そこでは文字通り、一人の人間の夢は、万人の記憶の一部となっている。一世紀にも及ぶプロセスで、それは始まり続けている。

この図書館は動き続けている。この図書館はとどまることはない。デジタル宇宙では、静的で固定されたものは何もない。すべては生起しており、生起しつつある。私たちはそれに気づかないだけだ。つねに動き続けるものは、もはや動きとしてとらえられることがない。生起する過程とは自ら見えなくさせる動きであり、あとから眺めてみないとわからない。生起する力は軌跡を示す。それは運命を告げているわけではない。たどり着く場所があらかじめ決められているわけではない。それは、試行する過程で不可避な方向を、ただ指し示すだけだ。

網状の棚は無限の組み合わせを試行し続け、ビットの書物は無限に増殖する。本とは紙や文章のことではなく、本になっていくすべてのデータの状態を指し、図書館とは本の集合のことではなく、本になっていくもののすべてのつながりのパターンを指して言う。次々にコメントが繰り出され、敏速にカットされ、生煮えのアイディアが放り出され、ツイートされ、煽りタイトルがアップされ、うつろいゆく印象の中でまた、フェイスブックやタンブラーやインスタグラムで誤読が拡散される中で、それでもあなたはあなたの言葉で考え、書き、調べ、編集し、書き直し、シェアし、再びソーシャル化し、コグニファイし、アンバンドルし、スクリーンの上で広がり、みたびシェアされ、編集され、本は一連の流れのどこかで、ある瞬間の本になる。スナップショットである本と本のあいだ、スクリーン上では言葉が動き、画像と融合し、色を変え、ときにはその意味さえも変えながら、無数のコード、無数のリンク、無数の神経経路と接続され、離れ、再びつながり、同じ形であることは二度とない。バージョンアップ、アップデート、サンプリングとリミックス、マッシュアップとパロディ、分離と結合。貨幣の表と裏を、神は同時に眺めることができ、人もまたそれを目指し、貨幣の表と裏を接続した。

ここで呼ばれる図書館とは、宇宙のことである。本が別の本に姿を変え続け、錯乱した神のように一切を肯定し、混同する、熱に浮かされた図書館。切り離され、解体され、未完のまま宙吊りになったすべての書物。アンバンドルな書物と量子的な図書館。それは無限に拡張し続ける。それは無限に、数知れぬ未来に向かって分岐し続ける。それは終わることはない。すべては流れであり、そこには流れだけがある。そのため、この草稿の結末は、決して存在することはない。永遠に。

A 11

宇宙・数学・言葉、語り得ぬ実在のためのいくつかの覚え書き

——マックス・テグマーク『数学的な宇宙』

すべての可能な宇宙

宇宙は一つではない。

宇宙という語彙によって想起される印象は一意ではない。

宇宙論研究者の松原隆彦によれば、その言葉は多くの場合、次のいずれかを示すために使われる。

1. 自分の目で実際に見ることの出来る範囲の宇宙
2. 人類がこれまでに観測したことがある範囲の宇宙
3. まだ人類が観測したことはないが、原理的には観測することができる範囲の宇宙
4. いくら技術が進んでも原理的に観測できない範囲の宇宙

5. 原理的には観測できないが、論理的に存在可能な別の宇宙
6. 論理的に存在可能かどうかを原理的に証明できない別の宇宙
7. 論理的に存在不可能な宇宙

一方、数学的宇宙仮説を提唱するマックス・テグマークは、上記すべての宇宙の分類について、仮説を用いて一元論的に整理する。仮説の名称は「数学的宇宙仮説」という。「数学的宇宙仮説が正しいとすると」とテグマークは書いている。「私たちの物理的実在は時間と空間の中には存在しない（時間と空間のほうが物理的実在の中にある）。したがって、創造されたり変化したりしないし、終末や消滅もない」

本稿は、数学的宇宙仮説に関するいくつかの覚え書きを残すことを目的に書かれている。

数学的宇宙仮説による宇宙の分類

数学的宇宙仮説。
理論物理学者マックス・テグマークによって提唱された仮説。
数学的宇宙仮説は宇宙が一つではなく複数あることを主張する。

数学的宇宙仮説は宇宙が数学的構造物であることを主張する。
数学的宇宙仮説の内容について、要約すれば以下の通りとなる。

- 宇宙は膨張している。
- 宇宙の膨張はインフレーションモデルによって説明される。
- インフレーションモデルは量子ゆらぎを前提とする。
- 宇宙は量子的にゆらいでおり、ゆえに量子論的な性質を持つ。
- 宇宙は量子論的な性質を持つために、つねに確率的に分岐している。
- 宇宙は分岐しつづけており、波動関数は収束しない。
- つまり、ヒュー・エヴェレットの多世界解釈は正しい。
- 並行宇宙は無限に存在しており、この宇宙は人間に観測された宇宙である。
- 人間は観測によって、人間にとって都合のいい宇宙を認識している。
- 観測された宇宙以外にも、無数の宇宙が存在する。
- 主観的観測によって認識された宇宙の実在を「内的実在」と呼ぶ。
- 間主観的観測によって認識された宇宙の実在を「合意的実在」と呼ぶ。
- 数学的に描出される実在を「外的実在」と呼ぶ。
- ここで呼ばれる「数学」とは、教育制度によって定義された範囲の学問ではない。

・ここで呼ばれる「数学」とは、数学的構造についての形式的研究を指す。
・すべての実在は数学的に描出可能である。
・それが意味するところは、すべての実在は数学的構造物であるということである。
・そのためすべての実在から成るすべての宇宙は、数学的構造物である。
・宇宙は数学である。これが数学的宇宙仮説である。

一般に、数学は物理法則を記述するために用いられる。宇宙は物理的構造物であり、抽象化のために数学が用いられるのだと考えられている。マックス・テグマークはそうではないと考えている。

数学的宇宙仮説では、物理と数学の関係は一般に考えられているものとは異なり、物理が数学を規定するのではなく、数学が物理を規定するのだと考えられる。テグマークによれば、物理法則が数学的に記述可能なのは、人類が発展させてきた数学理論や方程式が優れているからなのではなく、物理法則自体が、純粋に数学そのものだからだ。人類は、数学や物理学と呼ばれる学問において、思考の体系を作り上げてきたのではなく、宇宙の数学的性質の一部を「発見」してきたに過ぎない――テグマークはそう考えている。

そしてまた、テグマークによる「数学」の概念は、「この宇宙」のみにはとどまらない。

私たちが生きる、観測可能な「この宇宙」——私たちを中心とする球形の空間領域であって、ビッグバンによる発生から一四〇億年のあいだにそこからの光が到達できた領域——と同様の構造を持つ並行宇宙は無数にあり、数学的宇宙仮説において、それらの並行宇宙の集合は「多宇宙」と呼ばれている。

多宇宙もまた、数学的構造物＝数学そのものである——テグマークはそう主張する。テグマークは、ヒュー・エヴェレットが量子力学の多世界解釈によって導出した並行世界を、単なる思考実験ではなく、この宇宙と同様に数学によってかたどられた数学的構造物、すなわち、「実在」としてとらえているのだ。

順を追って確認してみよう。

まずは多宇宙について。

数学的宇宙仮説は、多宇宙を四つのレベルに分類している。

観測可能な領域に属する多宇宙はレベル1多宇宙と呼ばれ、レベル1多宇宙の無限個の集合はレベル2多宇宙と呼ばれている。

無限次元のヒルベルト空間に存在しうる、多世界解釈における並行宇宙の集合はレベル3多宇宙と呼ばれている。

すべての数学的構造であり、すべての宇宙そのものである、無数の基礎的な物理法則の集合は、レベル４多宇宙と呼ばれている。

レベル４多宇宙には多様な数学的構造が含まれている。

そこには「私たちの宇宙」とはまったく異なる数学的構造があり、形式体系があり、計算がある可能性がある。生命や惑星や銀河が存在しないどころか、光や重力が存在しない可能性すらも考えられる。クォーク、電子、光子の代わりに、別の粒子が存在しているかもしれない。

しかし、たとえ形式体系が異なったとしても、それは数学的に計算可能であると言え、そのためにレベル４多宇宙においても宇宙は数学的であるとすることができる。

これはどういうことか。

そこでは「同値性」という概念が用いられることで疑問が解消される。

同値性とは、「二つの記述について、すべての関係が保存されるような対応が両者の間に存在するとき、同値である」とすることのできる性質であり、たとえばチェスにおいて、駒の位置に関する二つの記述が、駒のサイズや駒の呼ばれ方がプレイヤーの母語によって異なることには左右されない、といった性質のことである。

こうした性質については、ＳＦ作家グレッグ・イーガンが長篇小説『シルトの梯子』――この小説は別様の法則を持つ複数の物理体系同士が干渉し合い、互いの法則を侵犯し合うという、きわめて「数学的宇宙仮説」的なあらすじである——において、「サルンペト則」というSF的アイディアを用いて次のように書いている。

「サルンペト則はあらゆるグラフについて、それが別のグラフに変化する確率に量子振幅をあたえる。サルンペト則が予測するさまざまな事柄のひとつは、もしグラフに三つの三価の節点と三つの五価の節点が交互に並んだループが含まれているとしたら、そのグラフは、同じパターンを持つけれど隣接する節点の集合へ移動したものに変化する確率がもっとも高いだろう、ということだ。このようなループは光子として知られる。サルンペト則は光子が動くことを予測する（どっちへ？　その確率はすべての方向について等しい。光子の方向を定めるには大きな手間を要する——ひとつの好ましい方向以外に動いた場合には、たがいに干渉し打ち消しあう無数の異なるバージョンを重ねあわせなくてはならないのだ）」

「ほかのパターンも同様な方法で伝播し、それらの対称性と相互作用は既知の素粒子のそれと完全に一致する。ありとあらゆるグラフはそれでも単なるグラフ——節点および節点相互のつながりの集合体——にすぎないが、ダイヤモンド内の傷は独自の生命を帯びる」

このように、たとえ形式が複雑だとしても――あるいは形式が異なるとしても――それが数学的性質を持つ構造物である限り、二値が属する集合にはパターン／構造の対称性があるために、それらのパターン／構造を特定することによって――その他の値が異なっていても――二値の同値性を特定することができるのだ。

なお、蛇足だが、『シルトの梯子』中盤以降では、宇宙の先にある宇宙の空間――「あちら側」と書かれる――において、「あちら側」の基礎的な物理法則がまったく異なるために、「こちら側」と「あちら側」の法則間の「同値性」を特定できないという状況が描かれ、それがSFの物語としてのサスペンスを生んでおり、非常に面白い。『数学的な宇宙』の次に読む本として、ぜひとも推薦したい。

「あちら側にあるものは」とイーガンは書いている。「もうひとつの真空――もうひと組の規則――ではないからです。それは発見すべきそのような古典的特性を持っていません。だからといって、それを各々がサルンペト則の別々の類似物に従う構成要素の和に分割できない――形式的、数学的に――というわけではない。けれど、私たちはどの特定の要素とも、私たち自身の真空との関係を同じようには相関することができないので、どの特定の規則の組を明らかにできる期待も持てないのです」

実在の三つのありかた、その他の実在論との接続について

次に実在について。

数学的宇宙仮説が正しいとすると、数学的構造であるのは時空だけではない。私たちをかたどっている素粒子も含め、時空中に存在するすべての実在もまた、数学的構造を持つ。数学的に存在するすべての構造が、物理的にもまた存在するとすれば、宇宙に存在しうるすべての存在は、物理的にも存在しうる。

数学的宇宙仮説に基づけば、実在には相関主義的な性質を持つ位相と相関主義的な性質を持たない位相がある。

実在は、内的実在・合意的実在・外的実在の三つに分けることができる。

内的実在とは主観的に感覚されるもの、合意的実在とは物理学的に導出されるもの、外的実在とは数学的構造のことである。

数学的構造とは、各要素間に関係が定義されている抽象的な集合のことである。

数学とは数学的構造の形式的研究のことである。

数学的構造、形式体系、計算の三つは、互いに密接に関連している。

物理的実在を織りなすこの空間には、数十の純粋な数が刻み込まれている。

テグマークは物理的実在である宇宙が数学的構造物であることについて、主に以下の三つの点を論拠としている。

1. 私たちの物理的世界の基本構造である「空間」は、その固有の性質として、次元、曲率、トポロジーなどの数学的性質しか持たない。その意味で空間は、純粋に数学的な対象物といえる。

2. 私たちの物理的世界に存在するすべての「もの」は、素粒子からできている。しかし素粒子もまた、その固有の性質は数学的性質——電荷、スピン、レプトン数などの数——のみであり、その意味で純粋に数学的な対象物である。

3. 私たちが住む三次元空間とその中の素粒子よりさらに基本的と考えられる存在として、波動関数およびそれが住むヒルベルト空間と呼ばれる無限次元の空間がある。粒子は生成も消滅も可能で、さらに複数の場所に同時に存在することもできるが、波動関数は現在、過去、未来のいずれにおいても一つで、ヒルベルト空間中をシュレーディンガー方程式に従って発展する。そしてこれら波動関数とヒルベルト空間もまた、数学的対象物である。

物理的実在は数学的対象物であり、時間や空間は数学的対象物であり、それらは純粋な数学的性質しか持っていない。ゆえに宇宙は数学的性質を持つ数学的対象物であり、数学的構造物であり、つまるところ数学そのものである。

そのため、原理的には数学そのものである宇宙の性質は、数学的手続きによって解析可能であり記述可能であり、理論的に永遠不変／普遍のものとして計算することができる。テグマークはそう考えている。

ところで、ここで現代の哲学における存在論／認識論に関する議論に目を向けてみたい。

相関主義の批判者であり、思弁的唯物論を提唱する哲学者、カンタン・メイヤスーは次のように言っている。

「私は、思考不可能なものは思考できない。しかし私は、思考不可能なものが存在することは不可能ではない、とは思考できるのである」

これは、マックス・テグマークの主張とも響き合う。

宇宙は観測されて存在するのではなく、ただ単に存在している。

観測可能な宇宙が存在するように、観測不可能な宇宙もまた存在している。

そこにあるのは別様の形式体系――メイヤスーならば「ハイパーカオス」と呼ぶ空間――であるものの、それが数学的構造物であることに変わりはない。

思考可能なものは実在する。しかし、思考不可能なものもまた、実在するのだ。

物理的実在とは、存在しうるすべてのものである。

そして、存在しうるすべてのものは、数学的に生成されている。

そのとき、数学的存在と物理的存在は同じものであると主張される。

思考され、数学的に記述される数学的存在である私たちは、そのとき同時に物理的存在であり、私たちは物理的な実在であることが定義づけられる。そのために、私たちはシミュレーションなどではなく、数学的宇宙仮説によってシミュレーション仮説は否定される。

数学的構造は、外的実在の記述ではなく、外的実在そのものである。

そのために、私たちは、意識という数学的構造物を持った、「人類」という名を与えられた数学的／物理的構造物として、実在していると言えるのだ。

グレアム・ハーマンは、「オブジェクト指向存在論」と呼ばれる存在論を提唱し、人間も含めたあらゆる事物は、相互に無関係なまま単に存在する「オブジェクト」であると主張しているが、これはテグマークの言う「数学的構造物」の概念に近いものだと考えられる。

ハーマンは言っている。

「オブジェクトとは、なんであれ統一性をもつ存在者である。世界のうちに存在するものも、たんに精神のうちに存在するものもオブジェクトである」

ハーマンの言う「オブジェクト」が、テグマークの言う「数学的構造物」に該当する概念だとすれば、途方もなく広大に思える宇宙の一つひとつもまた、テーブルや椅子、バナナの房や煙草の箱のような──あるいは、なんでもよい、あなたの目の前にある何かのような──独立した、一つの、なんの意味も理由もなく、ただ存在するオブジェクトに過ぎない。

数学的構造は宇宙を記述しているのではなく、宇宙そのものである。数学的構造は単にあるものであり、宇宙もまた単にあるものである。宇宙は時空間の中に存在するのではなく、時空間が宇宙の中に存在する。あるいは宇宙によっては時空間を持っていない。そこには別の何かが存在する。宇宙の間では、互いが何を持っていて何を持っていないかは知るよしもない。

すべての多宇宙は、孤独な並行宇宙をかかえながら、互いに観測不可能な状態で、ただ単に実在している。

塵の明滅としての多宇宙、あるいは言葉と言葉の関係について

ホルヘ・ルイス・ボルヘスは、短篇小説「トレーン、ウクバール、オルビス・テルティウス」において、既存の認識とは別様の認識が既存の現実を書き換えていくさまを描いたが、数学的宇宙仮説における世界ではそうした「書き換え」は起こらない。宇宙は一つではなく、世界は一つではなく、現実は一つではないからだ。一つの現実が発生すれば、そうではなかった現実もまた、分岐する宇宙として同時に発生する。

別様の現実は別様の現実としてただ存在し、矛盾する世界は矛盾を残したまま、ただ並行して存在する。実際に、ボルヘスが書き換え前の現実と書き換え後の現実として想定したものを、私たちは矛盾するものとして知ることができる。それは、ボルヘスの書いた宇宙——書物の中の宇宙——が、私たちの生きる「この宇宙」よりも次元が低いものだからだ。

書物が数学的構造物であるために、私たちは書物よりも高次元の宇宙から、低次元の宇宙においで実際に発生した実在として、書物の世界のできごとを認識することができる。

同様に、むろん私たちの生きるこの宇宙においても、思考可能なもの＝計算可能なものは、

思考可能なもの＝計算可能なものとして存在する。しかしながら、ボルヘスの描いた宇宙のように、同じ次元の同じ宇宙において数学的／物理的法則と矛盾する実在が生成されるとすれば、それは、この宇宙に生きる私たちにとって思考不可能なものだろう。

私たちが秒速三〇キロメートルで太陽の周りを回転していることを直観的に把握できないように、分岐する宇宙の運動を、私たちは直観的に把握することができない。私たちは数式と呼ばれる数学的手続きによってのみ、そうした分岐を数学的に発見する。

しかし、「この宇宙」の「この私たち」が用いる「この数式」にも限界はある。「この数式」が「この物理法則」にあてはまるのは、「この宇宙」の「この数学」がこの物理法則そのものであり、この実在についての思考が可能なのは、「この思考」が「この実在」そのものだからだ。そしてそうした「この」の反復は同時に、「この」の先にある別様の宇宙を示唆している。それはあたかも、この先にある多宇宙が、無限の広がりを持つように。

宇宙の「書き換え」はない。より正確に言えば、たとえ仮に「書き換え」があったとしても、私たちはその「書き換え」を主観的に認識することはできない。この宇宙における数学はこの宇宙そのものであり、私たちはこれ以外の数学を知らない。あらかじめ知ることのできないように作られた構造を、私たちは知ることはできない。

私たちの知らない「この数学」以外の数学。分岐の果てにある別様の数学。私たちの知らないパターン・体系・手続き。そうしたものは数学的に存在しうる。数学的宇宙仮説が想定する多宇宙において、原理的に思考できないものは存在しうる。

無限があったとして、私たちは無限のすべてを汲み尽くすことなどできはしない。

「これは塵だ。すべてが塵なんだ」とグレッグ・イーガンは書いている。「すべてが塵なんだ。この部屋も、この瞬間も、地球各地に散らばり、五百秒かそれ以上の時間に散らばって――それでも、ひとつにまとまったままでいる。それが何を意味するか、わからないのか?」

光を反射させながら舞い落ちる無数の塵の一つひとつを、私たちはこの目で見ることができない。その明滅のパターンの一つひとつを、落下しながら描く軌道のパターンの一つひとつを。すべてのメロディとすべてのリズム、すべてのハーモニーとすべての周波数のパターンによって演奏された音楽を想像してみてほしい。それはすべての音ではあるが、私たちはもはやそれを、メロディとリズムとハーモニーのある音楽として聴くことはできず、私たちはそれを、単なる巨大な雑音の塊としてしか聴くことはできないだろう。

「想像してみろ……まったくなんの構造も、かたちも、連続性ももたない宇宙を。微細な事象の群れ――時空間の破片のようなもの――だけが存在するが、ただし、時間も空間も存在するわけではない。さて、ある一瞬に空間の一点を特徴づけるものはなんだ? 素粒子の場における数値、ひとにぎりの数字にすぎない。では、そこから、位置と配列と順番の概念を除いたら、なにが残る？　ランダムな数字の群れだ」

あるいは、一つの升目に書きつくされた文字列。塗りつぶされた升目。黒い四角形。

「塗りつぶされているが故に、」と円城塔は書いている。「そこには何もかもが記されている。「■」が全ての文字を包含しているという単純極まりない理由によって。ただの■さえもが過剰であり、ただ「・」の中にさえ顕微鏡を用いて無限の文章を勝手に読み取ることが許されているように。決して零次元ではないというだけのほんのささやかな広がりだけから、全ての文章は保障されうる」

そうは言ってもただ単に見るだけでは、私たちはそれを、あらかじめ塗りつぶすことを目的として塗りつぶされた、真っ黒な正方形の図形としてしか認識することはできないだろう。

先の引用文の作者はまた、異なる作品で、「全ての可能な文字列。全ての本はその中に含まれている」と書いている一方、そこから続く文は次のようなものとなっている。「しかしとても残念なことながら、あなたの望む本がその中に見つかるという保証は全くのところ全然存在しない。これがあなたの望んだ本です、という活字の並びは存在しうる。今こうして存在しているように。そして勿論、それはあなたの望んだ本ではない」

しかし、そこから何かを読み取れと言われれば、何かを読み取ることはできるかもしれない。そして私たちはつねにすでに、この宇宙において実際にそう求められ、実際にそうしている。

「私というパターンが、この世界で生じているほかのあらゆる事象の中から、それ自身を識別できるのなら……私たちが、宇宙と考えているパターンが、まったく同じ様にしてそれ自身を組みあげ、それ自身を認識していると考えて、なにが悪い？　もし私が、あまりに広範囲に散らばっているために、なにかの巨大でランダムな数字の群れの一部としか思えないデータを継ぎあわせて、自分自身にとって首尾一貫した時空間を作りだしているのなら……おまえもまったく同じことをしているのではないと、なぜいえる？」

私たちという数学的構造物はみな、そのような認識パターンを伴う構造物である。

思考可能なものと思考不可能なもの、そのあいだには、数学的／物理的制約が働いている。

しかしながら、隣の並行宇宙ではどうだろう。おそらくそこでは、別様の数学と別様の思考、別様の物理法則を持った私たちが、異なる実在について語っている。

「私たちは、ある事象のとりあわせのうちの、さらにひとつの組みあわせかたを知覚し、そこに住んでいる」とイーガンは続けている。「しかし、その組みあわせが唯一無二だという道理がどこにある? 私たちの認識するパターンが、塵を首尾一貫したかたちで並べる唯一の方法だと信じる理由はない。何十億という別の宇宙が、私たちと同時に存在しているにちがいない——それはすべてまったく同じ材料でできているが、並べかただけが違う。もし私が、数千キロ離れ、数百秒を隔てた事象を、隣りあい、かつ同時に存在するものとし知覚できるなら、私たちが銀河じゅう、宇宙じゅう散らばる時空間の点だと考えているものから作りだされた世界や生物も、存在しうるはずだ。私たちは、巨大な宇宙的アナグラムの、ありうる解答のひとつだ……だが、私たちが唯一の解答だと信じるのは、馬鹿げている」

別様の宇宙の別様の私たち。

そのときおそらく私たちは、もはやこの私たちではないかもしれない。私たちだったはずの身体は失われ、私たちだった意識は失われている。私たちは、ありえたはずの宇宙で、ありえたはずの私たちを生きているのだ。この私たちはその私たちを認識することはできないかもしれない。その私たちはこの私たちを認識することはできないかもしれない。しかし、そうした私たちもまた現に存在し、生きて、息をしているのだ。この宇宙でこの私たちがそうしているように。数学的宇宙仮説においては。

この宇宙には存在するものがあり、存在しないものがある。

しかしながら、存在すると同時に分岐した存在しない可能性が、並行宇宙には存在している。存在しない場合にも同様に、存在しないと同時に分岐した存在の可能性が、並行宇宙には存在し、分岐の先で、「ここ」にはないものが、「そこ」にはあるのだ。手触りのある「実在」として。

そのために、「思考不可能なものは思考できない。しかし私は、思考不可能なものが存在することは不可能ではない、とは思考できるのである」と言ったメイヤスーと、「語り得ぬものについては沈黙しなければならない」と言ったウィトゲンシュタインは、数学的宇宙仮説においては矛盾しない。

語り得ぬものについては語り得ないが、それはたしかに存在し、沈黙するとは別の仕方で、存在することを示唆することはできるのだ。

思考によって。

数学によって。


相関主義によってとらえられる実在と、相関主義によってはとらえられない実在が、すべての可能な宇宙には同時に存在している。

この宇宙には存在しない実在が、別の宇宙ではたしかに存在している。

あるパターンを伴い、計算可能な形で、数式として、物理的実在として。

枝分かれする数式の果てに、無限に近く無数に。


「故郷の宇宙で送った人生のほかのあらゆる部分は、とてつもないスケールの旅の中に拡散して意味を失っていたけれど、時間を超越したこの世界は、いまも完璧に意味のあるものだった」


つまるところ、すべては数学なのだ。

そしてそこには——あらゆる時間、あらゆる空間には——完璧な意味がある。

そう。

あなたや、あなたの家族やあなたの恋人、あなたの友人、あなたの出会ってきた人々、あなたの見るもの、あなたの聞くもの、あなたの触れるもののすべてを含む、ここにある、あるいはここにはない、すべての数学的構造のすべてが、すべての宇宙そのものであるがゆえに。

＊

最後に、一つの比喩を用いることをお許しいただきたい。

数学的宇宙について、私にとって最も卑近な比喩。

数学と宇宙、実在についての比喩。

比喩として用いられる形式体系。

その形式体系は、「言葉」と呼ばれている。


ここに至るまでに、本稿では多くの言葉を引用してきた。

それらの言葉は異なる人物によって、異なる言語体系で、異なる時間に、異なる場所で、異なる思考に基づいて書かれてきた。

書かれた言葉は、本と呼ばれる宇宙に閉じ込められている。

それらの宇宙は自らの内に完結しており、自分が並べられた本棚の、隣の本/隣の宇宙にどのような言葉が書かれているかは知るよしもない。

しかしながら、本たちは互いが存在していることを知っている。

自分以外にも本が存在すること、言葉による宇宙は、一冊の本の外にも広がっていることを、言葉たちは知っている。

そしてそれは、「引用」によって実現されている。

引用。

並行宇宙からの法則体系の侵入。

実在する、他なる者との邂逅。

内にある者と外にある者たちの、インクを媒介に、紙片を舞台にした、ファースト・コンタクト。

言葉たちは、鉤括弧にくくられ、引用され、突如挿入された、外部からの、見ず知らずの言葉たちが、言葉である自らと自らの属する宇宙とは異なる形式体系を伴うことを知っている。

しかしながら、それは自分たちと変わらぬ言葉であることも同時に知っている。

それは同値性によって実現される。

それは構造によって実現される。

言葉は言葉が言葉であることを知っている。たとえそれが自分とは異なる姿をしている言葉であろうと。

なぜなら、言葉もまた一つの数学体系には違いなく、引用された言葉も、そうでない言葉も、数学であることには変わりはないのだから。

人であり、そして素粒子の集合である、数学的なあなたが数学的なあなたであるように。

物語と宇宙は似ている。

言葉と数学は似ている。

それらは異なる場所から、互いを指し示し合っている。


言葉は言葉を読んでおり、言葉は言葉に干渉する。

書かれた言葉は書かれる言葉に、書かれる言葉は書かれた言葉に干渉する。

言葉は書かれ続け、書かれるための言葉は生まれ続けている。

まるでそれは、インフレーションの過程にあるこの宇宙が、量子の波にゆらぎながら広がっていくように――数学的な宇宙が、その構造を保ちながらも、無数の枝葉に分岐していくように。

あるいは今、私がこの一文を書きながら、次の一文を考えているように――それとも今、あなたがこの一文を読みながら、頭の中では異なる文を、異なる意味を、異なる光景を、思い描いているように。

＊

そして言葉たちは、本の外にもまた本が、宇宙の外にもまた宇宙があることを知り、すべての本／すべての宇宙が、無数の多様な言葉たちによって書かれていることを悟るのだ。
たとえそれが、一冊の本の内では語り得ぬものだったとしても。

Side B　物語

B1

生まれなおす奇跡
——テッド・チャン『息吹』の読解を通して

書物の中で、読まれる文は既に書きつくされている。そうであるにもかかわらず、そこから汲まれる印象は、読まれるたびに生まれなおし、つきることは決してない。それは物理世界においても同様で、始まりと終わりは既に過ぎ去ったものであり、そうした意味で、過去と未来に差異はない。全ては物理法則に決定づけられ、宇宙は巨大な多元構造の中で自己相似的に反復している。「過去と未来は同じものであり、わたしたちにはどちらも変えられず、ただ、もっとよく知ることができるだけ」なのだ（「商人と錬金術師の門」）。

SF作家のテッド・チャンは、短篇集『息吹』において、宇宙の決定論的な構造と書物の決定論的な構造を一致させ、決定論と両立するものとして、人の自由意志を位置づけている。そこでは「真実は真実」のまま厳然としてそこにあり（「偽りのない事実、偽りのない気持ち」）、「人によって真実が変わることはな」く、「物理世界が否定されることはありえない」。しかし「自由意志は一種の奇跡」でもある。「わたしたちが純粋な選択をするとき、それは、物理法則の働きに帰することができない結果を引き起こ」す。それはあたかも、素粒子たちの明滅の、あいまいな光と影が、今ここで、あなたという像を結んでいるように(「オムファロス」)。

変えられぬものの中で、変えられぬものを知っていくこと。より詳しく知ろうとすること。自由意志は、全てが決定された宇宙にあって、ただ一つ「奇跡」と呼びうる現象であること――書物の中に書きつくされた痕跡を、あなたは読み、痕跡の中にうめこまれた過去と未来は、読まれるたびに生まれなおす。そう、「いまあなたの脳を動かしているのがかつてわたしの脳を動かしていた空気だろうとそうでなかろうと、あなたの思考をかたちづくるパターンは、わたしの言葉を読むという行為を通して、かつてわたしをかたちづくっていたパターンを模倣することになる。そしてわたしは、そのようにして、あなたを通じて生き返る」のだ(「息吹」)。

『息吹』の中で、「わたし」はそれらの文を書いており、あなたは「息吹」を通してそれを読む。そのとき「わたし」は既にいないが、あなたは「わたし」によって書きつくされた文を読み、失われた「わたし」に対し、つきることなく新たな印象をいだくことができる。「わたし」の痕跡を読むことで、あなたもまた生きなおすのだ。繰り返し、何度でも。

つまるところ、書物を読むということは、書物の中で、書物の外で、全ての可能な存在たちが生まれなおしを試み続ける、端的な奇跡にほかならない。

そうしてあなたはまた、ここでこうして書物を開く。

物理法則によって定められた帰結としてではなく、あなたが自ら選んだ、何ものにも還元されえない、そのたびごとにただ一つの、意志と呼ばれる奇跡を通じて。

B2

物語の愛、物語の贖罪
——イアン・マキューアン『贖罪』

イアン・マキューアン『贖罪』は、私が最も愛する小説作品である。その作品は、私が今生きていることの全ての記憶に染み付いている。人が生きて死んでいくということの全て。物語を読み、書き、誰かを愛するということ。そうした日々を思い出すということ。

本作は一人の少女の視点——一三歳のブライオニー・タリスの視点——から始まる。ブライオニーは作家志望の少女である。その小さな創作者はいつも小説を書くための素材集めをしていた。彼女は自分の物語を書くために、自分の生きる現実から物語を探し回っていた。

ブライオニーは言っている。

「自分が今なすべきは、物語を見つけることだった——単なる題材にとどまらず、そうした題材を発展させてくれるような、自分の新しい知識にふさわしい物語を」

そしてその欲望は、やがて取り返しのつかない事態を引き起こす。若きブライオニー・タリスは、自分の書く／自分の書きたいと思う小説のために、妄想によって作り出した物語を現実にあてはめ、現実をねじ曲げ、創作によって現実の人々を突き動かし、妄想を現実化させていくことで、姉であるセシーリア・タリスとその恋人であるロビー・ターナーの、現実の、そこにある人生を狂わせる。

フィクションがリアルを侵犯し、書き換えてしまうこと。書き換えられた現実は虚構とは異なり、もう二度と元には戻らないということ。

ブライオニー・タリスは、自らが引き起こしたその事実を恐れ、その罪を認識し、その罪を償うために、再び虚構の物語を書き始める。ブライオニーはセシーリアとロビーのための物語を書き続け、何度も書き直し続ける。

自分の作った物語。そしてそれによって壊してしまった二人の人生に対する、物語による贖罪──それが、ブライオニーが七七歳になるまで何度も改稿を重ねられた本編の小説『贖罪』なのである。

物語を作るために生み出された物語の罪を、物語をもって償うこと。一人の作家の物語をもって、現実化した物語に抗うこと。それは「他者の許し」の存在しない償いであり、不可能性への抗いである。罪の物語への償いの物語。それは本来語り得ないものである。しかしながら

——そのためにこそ——、贖罪は物語でしか成され得ない。物語は書かれ続け、そして今なお書かれ続けている。「物語の叙述の反復」こそが『贖罪』という世界を突き動かす最大の機関であり、贖罪を贖罪足らしめている。

『贖罪』という作品は、それが未完成である——これからそれが書き続けられることが宣言され、幕を閉じる——ということが前景化された小説である。未完の理性の弁証論的生成。多元的な語りの反復。「語り得ないもの」を語る行為であるがゆえに、「自らの許し」による終わりがなければ永遠に終わることのない、つまり、その作業は決して終わることはない。

未完であることの開かれた可能性。閉じることのない円環のうちにあって、無数の差異化の連鎖として立ち現れる、書くという行為。そしてそれは、贖いに向かって開かれている。『贖罪』は、小説という制度としての形式においては完結しているものの、そこで描かれる「書く者」としてのブライオニーが「未完」であることを宣言するという内容を包摂している。その点においてその場所は、これから書かれ得るあらゆる可能性に開かれている。

＊

『贖罪』は、一八歳になり、看護師になったブライオニー・タリスが書いた一〇三枚の小説『噴水のそばに人影ふたつ』がもとになっている。

第三部までは、第三部の末尾に付された「ブライオニー・タリス　ロンドン、一九九九年」という署名から分かるように、一九九九年に七七歳の誕生日を迎えたブライオニー・タリスが改稿を重ね続けた小説である。そして第三部が終わり、「ロンドン、一九九九年」と題された最終章——現在の視点、純粋に作家「イアン・マキューアン」の視点のみ、小説の外部にある「超越論的視点」のみで、われわれ読者の位相、原理的にメタ的な位相から「現在進行形のブライオニー・タリス」について書かれる最終章——には、ブライオニーの一人称による次のような記述がある。

「私が考えているのは、最後の小説のこと——第一作となるはずだった小説のことだ。第一稿が一九四〇年一月、最終稿が一九九九年三月、そのあいだに五回ばかりの改稿。第二稿が一九四七年六月、第三稿が……」

ブライオニーは一八歳から七七歳になるまでの五九年、小説を改稿し続けた。小説を書き続けること、どこにも嘘偽りのない「完璧な事実」、つまり「真実」としての小説を書き上げることこそがブライオニーにとっての「贖罪」であったからだ。

ブライオニーは言う。

「私たちの罪——ローラの罪、マーシャルの罪、私の罪——があり、第二稿以降では、私はそれを描き出すことに力を注いだ。何事をも——名前も、場所も、状況の細部も——偽らぬことを義務と考え、すべての事情を歴史的記録として紙上にとどめた」

ブライオニーは本作『贖罪』第三部までを「歴史的記録」として記述するために改稿を繰り返したのだと言う。全ての描写を「真実」として書くために。しかし、ここでブライオニーが頼りにしたものはなんだろうか。ここでブライオニーが「真実」を描き出すために頼りにしたものは、一三歳のころの体験――「記憶の中の事実」ではないだろうか。そして記憶はつねに変わり続ける。記憶が事実を担保することはない。

また、改稿という作業――「真実」を求めるがゆえになされる改稿という作業――は、重ねられれば重ねられる程に「真実」から遠ざかってしまう、という矛盾を孕んでいる。

第二稿以降では全ての罪、全ての事情を描き出すことに力を注いだとされているが、おそらくそれは不可能である。事実、ブライオニーは最終稿では「真実を描き出す」ことの不可能性に気付き、それを諦めたかのように、自らの想像力によって生み出された「虚構の物語」に寄り添うように改稿を重ねている。

「神が贖罪することがありえないのと同様、小説家にも贖罪はありえない――たとえ無神論者の小説家であっても」とブライオニーは書いている。「それはつねに不可能な仕事だが、そのことが要なのだ。試みることがすべてなのだ」

事実の記述の不可能性。記述による贖罪の不可能性。ブライオニーはそれらの性質を知っている。それでも――「贖罪」が達成不可能であるにも関わらず――ブライオニーは「贖罪」を試み続ける。それはなぜか。それは、贖罪とは、「試みることがすべて」だからだ。ブライオニーにとっては「試みること」「試み続けること」こそが「贖罪」であり、倫理であり、正義なのだ。それはなぜだろうか。

答えはこうなる——試みること、試み続けることとは、全ての脱構築可能性を包摂しようと試みることであり、「幽霊」——記号によって記述された一つの可能性に対して、摘み取られ、記述されなかった「あったかもしれない」可能性——を探る行為にほかならず、それは、幽霊とともに語り続けることにほかならない。そのために、試み続けることは、贖罪になりうるのだ。

ブライオニーが書きつける言葉の中で、かつての悲劇は繰り返す。悲劇はまるで、幽霊のように、亡霊のように、幻霊のように、何度も何度も、反復的に回帰する。言葉によって犯した罪が償われることはない——死者が蘇ることがないように。したがって、それは——贖罪は——永遠に、原理的に、終わることはない。

無限の円環——自らの終わりを自らの目的として前提し、始まりとし、それが実現され終わりに達した時にはじめて現実であるような、永遠の円環——である「幽霊の復讐」の達成不可能性の中にあること、それこそが「贖罪」なのである。

以下に引用するのは一八歳のブライオニーが『ホライズン』誌に送った『贖罪』の原型とな

る作品『噴水のそばに人影ふたつ』への、評論家シリル・コノリーからの論評に対するブライオニーの感想である。

「「少女はふたりのあいだを割く災厄となるでしょうか?」まさにそのとおり。実際そうしてしまった以上、薄っぺらな小ざかしい小説をでっちあげて虚栄心を満たすために雑誌に送りつけたところで、その事実がもみ消せるわけがあろうか? 光と石と水の果てしない描写、三つの視点に分割された語り、大したことは何も起こらなそうな宙づりの静止状態——これらのどれも、彼女の臆病さを隠すことはできなかった。現代小説に関する借り物のアイディアのうしろに隠れ、意識の流れ——それも三つの意識の流れ!——に罪を沈めるなどということができると、自分は本当に思っていたのだろうか? あの短い小説のごまかしは、まさしく自分の人生のごまかしなのだ。自分が直面したくないと思ったことは、すべて小説からも抜け落ちていた——あの小説には、それこそが必要だったというのに。さて、今はどうすべきか? 自分に欠けているのは物語の背骨ではない。精神の背骨なのだ」

また、別のシーンではこうも言っている。

「人間を不幸にするのは邪悪さや陰謀だけでなく、錯誤や誤解が不幸を生む場合もあり、そして何よりも、他人も自分と同じくリアルであるという単純な事実を理解しそこねるからこそ人間の不幸は生まれるのだ。人々の個々の精神に分け入り、それらが同等の価値を持っていることを示せるのは物語だけなのだ。物語が持つべき教訓はその点に尽きるのだ」

ブライオニーはここで、自分に欠けているものは、自分に必要なものは、文学理論を駆使した技術によって書かれた「物語」なのではなく、「人々の精神に分け入」った「物語」、「精神の背骨」なのだと言う。ブライオニーに必要なものは「自分のために書かれた物語」なのではなく、「他人のために書かれた物語」、「他人の精神」がそのまま「自分の精神」であるかのような物語なのである。

そしてその物語とは、愛という言葉で言い換えることができる。

＊

ヘーゲルは『法の哲学』一五八節の中で、次のように愛を定義している。

「愛とは一般にわたくしと他者との統一の意識をいう。したがってわたくしはわたくしだけとして孤立せず、わたくしの孤立態を放棄するときはじめてわたくしの自己意識をえるのであり、わたくしと他者との統一、および他者とわたくしとの統一を知るものとしての自覚によってえるのである。[…]愛における第一の契機は、わたくしが孤立した独立人たろうとは欲せず、若しわたくしがかかるものであったとすればみずからを欠陥ありかつ不完全なものと感ずるということである。その第二の契機は、わたくしが自己を他者のうちにえること、すなわちわたくしが他者のうちにおいてわたくしたるゆえんをあらわし、同様に他者がまたわたくしのうちにおいて他者たるゆえんに達するということである。したがって愛は、悟性のときえない最も大きな矛盾である。けだし否定されながら、しかもなお肯定的なものとしてわたくしが有すべき自覚ということの究極点ほど、解きがたい頑強なものはないからである。愛は矛盾を生ぜしめると同時に、矛盾を解消するものである。この矛盾が解消するというところに、愛が倫理的和合であるゆえんがあるのである」

ヘーゲルによれば、「愛」とは「他人」と「私」の「合一の意識」である。ブライオニーによる「贖罪」、「小説」を書くことの果てに見つけ出した答え――「精神の背骨」「他人も自分と同じくリアルであるという単純な事実を理解」すること、「人々の個々の精神に分け入り、それらが同等の価値を持っていることを示」すこと――はまさに「愛」の行為なのである。ブライオニーは「贖罪」が達成不可能なものであるにもかかわらず、物語を語ることをやめない。「贖罪」をやめない。なぜか。なぜならそれこそが「贖罪」、atonementそのものだからである。

タイトルである「贖罪」の原語"atonement"は「贖罪」「つぐない」という意味の他に、"at one ment"つまり、「他者と一つであること」を意味する。『贖罪』という作品においては小説を書くという試みが「贖罪」であり、同時に「他者とひとつになること」、つまり、ヘーゲル的な「愛」になるのだ、ということがタイトルからあらかじめ示唆されている。マキューアンは『贖罪』という作品を"at one ment"の物語、「他者と一つになる」物語、「愛」の物語として描いたのだ。第一部から第三部における巧みな筆致は、ジェイン・オースティンやヴァージニア・ウルフを彷彿させる。戦争が終わり、ブライオニーが大人になり、時代も二〇世紀の終わり、一九九九年まで進むと、メインテーマである「現代において愛について語ること」への挑戦と、そのためにマキューアンがどのような工夫を施したのかが次第に明らかにされ始める。「他人の身に自らを置くとどうなるか想像することは人間性の核である」。9・11同時多発テロ直後、『ガーディアン』からのテロに関するインタビューに答えて、マキューアンはそう言っている。マキューアンは続ける。「他人の身に自らを置くこと、それは同情の本質であり、道徳の始まりである」

マキューアンにはつねにこうした問題意識があった。人間性の核は「他人の身に自らを置くとどうなるか」ということにある――一方で、一三歳のブライオニーにはそうした意識はなかった――そうした意識がないように遡行的に描かれ続けた。

ブライオニーは一三歳のころ、誰かのためではなく、自分のために、世界を論理的に、秩序立ったものとして整理し直すために物語を書いていた。だから事件は起きてしまった。つまるところ、『贖罪』の物語を駆動するきっかけとなる事件は、ブライオニーが「他人の身」にならずに物語を書いていたからだと言うことができる。しかし、第一部の視点がブライオニーに寄り添うようにして語られ、主にブライオニー周辺の出来事について語られていたのに対して、事件が起きてしまったあと――ロビーが警察に引き渡され、「嘘つき！」という言葉とともに第一部が幕を下ろしたあと――物語の視点は移り変わり、「他者の身」が語られることになる。

第二部からは時代も変わり、それまでには一切されてこなかった戦争の描写から始められ、視点は徴兵によって戦線に送られたロビーに寄り添うようにして語られるのである。

そして、第二部において一つ指摘しておかなければならない点として、ロビーが戦う撤退戦が「ダンケルクの戦い」であることが挙げられる。「ダンケルクの戦い」は、「他者との合一」というテーマを含みながらも、同時にマキューアンらしい、古典的な「リアリズム復権」のための一つの装置だと言えるからだ。

ダンケルクの戦いは、第二次世界大戦でドイツ・ナチス軍の猛攻に壊滅寸前となった英仏軍の撤退戦のことで、民間の船なども総動員して英仏の軍隊の多くを救出することができたと言われている。作戦完了の前、チャーチルは作戦の展望に悲観的になり、庶民院（下院）に対し「重く、厳しい知らせがくるかもしれない」と警告した。その後、チャーチルはその成果を奇跡と呼び、イギリスの報道はこの撤退を「大失敗が大成功になった」と紹介した。

こうしたダンケルクにおけるイギリス兵の救出は、イギリス国民の士気を精神的に後押しし、彼らにはまだドイツの侵略に対抗する力が残っているとされ、ドイツとの和平を模索する動きにも終止符が打たれた。イギリスではこの撤退戦は現在に至るまで美談として語られており、「皆で力を合わせて危機を乗り越える」ことを、イギリス国民は今でも「ダンケルク・スピリット」と呼ぶ。

ダンケルクの戦いは、戦後イギリス人の集合的記憶としての「神話」的枠組みとして機能しており、イギリス人がイギリス人であるための共通のアイデンティティを構築し繋ぎとめる「大きな物語」であると言える。

マキューアンがこうした神話的、大きな物語的な装置を『贖罪』に持ち込んだことには当然必然性がある。それは、「歴史なんてありはしない。記憶もない。永続性を助長する基準となるものがない」と言われる現代＝ポストモダンの時代にあって、「歴史」と「記憶」と「永続性」が、単なるシミュラークルなどではない、イギリス人がいつでも帰ることができる場所、起源（origin）であることをイギリス国民に思い出させ、手の届くリアルなものとして復権させる試みなのだ。それは創作においては「物語」を復権することの宣言であり、脱ポストモダニズムを志向することの宣言であるとも読める。

マキューアンはブライオニーとロビーの記憶が重なる戦場のシーンで、「ダンケルクの戦い」という「神話的装置」「大きな物語」と呼び得る「歴史的事件」を持ちこむことで、多くの彼の読者として想定されるイギリス人全員の集合的記憶をも重ね合わせようとしている。ここでも、「他者と一つになる」という『贖罪』のテーマの一つが、設定上あらかじめ織り込まれた歴史的パースペクティブにおいて、重層的に反復されているのだ。

さて、「ダンケルクの戦い」という「奇跡の撤退戦」を戦う、一人の「英雄」としてブライオニーに描かれるロビーだが、彼は戦場でつねに死の恐怖にさらされながらも、ブライオニーによって引き裂かれてしまった恋人、セシーリアとの再会を願い続ける。

ブライオニーは二人の恋人の物語――彼女はそれを絶対に知りえないにもかかわらず――そして、彼女はロビーの戦線での恐怖――彼女はそれを経験すらしていないにもかかわらず――書き続けるのである。

ブライオニーは戦争を経験していない。前線など行ったこともない。引き裂かれた恋人の気持ち、濡れ衣を着せられ、みじめな人生を送ってきたロビーの気持ちなど知り得るはずもない。しかし、彼女は書き続けるのである。彼女の作家としての想像力――他者と一つになろうとする「愛」の想像力によって。

第二部ではほとんど登場しないブライオニーが、一つの超越論的視点（メタ・レベル）からこうした戦争の描写を書いているとするならば、ブライオニーの小説家としての想像力はマキューアンの想像力と重なる。二人に与えられた条件は、「自分が経験したことのない事柄や、他者の気持ちをどれだけ詳細に、リアルなものとして書き得るか」という点で一致するからである。とすれば、ここでブライオニーはマキューアンと同等の苦労をしてこのシーンを書いていることになる。

マキューアンは『贖罪』の謝言として「一九四〇年当時に勤務していた兵士や看護師たちの私的な手紙、日記、回想記を閲覧させていただいた帝国戦争博物館資料部に感謝する」という言葉を掲げている。この他にも「ダンケルクの戦い」に関して、マキューアンは幾つかの書名を上げており、このシーンを書くために膨大な歴史的資料を参照し、多くの時間と労苦を費やしたことがうかがえる。戦争の描写はこの作品中でもことさら詳細に書かれているが、小説家としての想像力を最大に働かせ、「他者と一つ」になろうという意志がなければこのようには書き得ないだろう。そして『贖罪』作中では、それがメタフィクションであるがゆえに、この功績はマキューアンのものではなく、ブライオニーのものとして書かれる。ブライオニーが、前述したマキューアンの苦労を背負い、ロビーへの贖罪、セシーリアへの贖罪、そして、彼らへの愛のためにこうした描写を書いていった、といったように、ブライオニーが書くメタフィクションとしての『贖罪』の物語の中にいる読者は、ブライオニーの視点として読むことを強いられる。

『贖罪』は事実と虚構の関係が「宙吊り」になる作品であるがゆえに、「本当のこと」は誰にも分からない。ロビーを「ダンケルクの戦い」の「英雄」として仕立て上げた上で、ブライオニーはロビーになりきって物語を進めているとも言える。そうした前提がつねに確かめられながら読まれなければならない。

彼女は——たとえそれが「想像の産物」に過ぎないのだとしても——「他者と一つ」になろうとする。彼女は姉、セシーリア・タリスのロビーへの思いを綴った手紙も想像力によって書きとめる。

「あの人たちはみんなあなたの敵になったのよ。父までもが。あの人たちがあなたの人生をぶち壊したとき、私の人生もぶち壊されたのです。あの人たちは、愚かでヒステリックで少女の証言を信じるほうを選んだのです。それどころか、あの子を追いつめてけしかけたのよ。たしかにあの子はほんの十三でしたけれど、私、あの子とはもう話したくありません。他の三人の行いは決して許せないでしょう。こうして縁を切ってみると、あの人たちの愚かしさの裏にひそんでいた俗物根性が理解できるようになりました。母はあなたが一等学位を取ったのを許さなかった。父は仕事漬けを選んだ。リーオンは周りに同調することしかできない骨なしでおべっか使いの馬鹿だった。ハードマンがダニーをかばうことにした時、明々白々のことをダニーに取いただすよう警察に言った人間はいなかった。警察は最初からあなたが犯人だと決めていたわ。それ以上面倒な事件はごめんだったのよ。ええ、恨みっぽく聞こえるのは分かっていいます。だけど私、そんなつもりはないの。新しい生活と新しい友達にはほんとに満足しています。やっと息がつける気がするの。何よりも、今はあなたという生きがいがあります。実際選ぶほかはなかったのよ——あなたか家族かを。両方を選べるわけはないでしょう？　私、一瞬も迷いませんでした。あなたを愛しています。心からあなたを信じています。あなたは私の一番大切な人、私の人生の目的です。シー」

ここではセシーリアの切実な思いが綴られている。ロビーだけに宛てられた、ロビー以外には読まれることのない、秘密の恋文であるかのような本音が書かれているように読める。妹ブライオニーを始め、父、リーオン、ハードマン、ダニー、警察への憎しみの言葉、そしてロビーへの愛の言葉が綴られている。しかし、これは本当の手紙ではない。ブライオニーの想像力によって書かれた手紙なのだ。ブライオニーは姉の気持ちになって、この手紙を書いたのだ。それは不可能であるにもかかわらず、彼女は彼女の姉の切実な思いを想像し、書いたのだ。これは本当の手紙ではない。想像された虚構の手紙である。

ブライオニーは第三部、一八歳になり、看護師になり、小説を書き、日記をつけるシーンにおいて次のように書いている（なお、姉のセシーリアも看護師である。これはブライオニーが、少しでも姉の気持ちを理解しようと、「一つになろう」と、姉と同じ職業を選択したと読めはしないだろうか）。

「患者たちの思いがあてどなくさまよう様子を想像して書くのがブライオニーは好きだった。事実だけを述べる責任はないのだ、実録を引き受けたわけではないのだから」

これは一三歳のころのブライオニー――罪を犯してしまったブライオニー――と同じ態度だと言えるだろうか。そうではない。重要なのはそこに「他者と一つになろうとする」という視点があることだ。それこそが、そこに「愛」があるということなのだ。

最終章でブライオニーは書いている。

「あの勢いでは、まるで隠し事でもあるようじゃないかと人が思いかねまい。思うのは勝手だが、やはり書いてはいけないのだ。避けがたい提案もなされた――場所を移し、いきさつを変え、粉飾を加えなさい。想像力という霧をかけるんです！　それでこそ小説家でしょう？　法律の指先がすれすれで届かないくらいの逃げを打つんです。けれどもそうしたさじ加減の正しさは、判決が出てみないことには分からない。安全を考えるならば、無難かつ曖昧にやるしかないのだ」

ブライオニーはこの引用文の前に、「すべての事情を歴史的記録として紙上にとどめた」と書いている。ブライオニーは『贖罪』となる元の原稿――事件の顛末を全て書いた原稿――をロビーの無罪を証明するために、そして真犯人（マーシャル）に裁きを与えるための回想記として出版する予定だったのだ。しかし、それは共犯者たちの名誉棄損に値するとして出版不可能だとされた。だから彼女は『贖罪』を小説として、「想像力という霧」のかかった作品として書き直すことに決めたのである。結果的に『贖罪』は小説の体裁、物語の体裁をとるが、これは一三歳のブライオニーが書いていた物語とは大きく異なる。一三歳のブライオニーは、自分の書くべき作品のために誰かを犠牲にしてきたが、七七歳のブライオニーは、誰かのために作品を書き、誰かのために作品を変えたのだ。

そして彼女は最終章において、小説としての『贖罪』を書き始めることを夢想する。

「ひとつの罪があった。けれども恋人たちもいた。恋人たちの幸せな結末のことが一晩じゅう私の頭に浮かんでいた」

『贖罪』はここではまだ完成していない。現在進行形の、一人称で書かれた最終章を読むことで、われわれ読者は、われわれが読んできた『贖罪』はまだ完成していない――永遠に未完の

――小説であることを知るのである。ブライオニーはここから『贖罪』を再び書き始める。ここから“atonement”つまり、「贖罪」であり「他者と一つになる」「愛」の物語の旅に再び出るのである。ここから彼女は「私という牢獄」の旅へ、「幽霊の復讐」の旅へ、永遠の円環の旅へ、もう一度出るのである。そして全てが終わったあとに、「ロンドン、一九九九年」と名付けられた現在進行形の、一人称で書かれた、終わりであり始まりの場所へまた帰ってくるのである。

彼女は書いている。

「私が死んで、マーシャル夫妻が死んで、小説がついに刊行されたときには、私たちは、私の創作のなかでだけ生きつづけるのだ。バラムでベッドを共にして大家を憤激させた恋人たちと同じく、ブライオニーも空想の産物となるのだ。どの出来事が、あるいはどの登場人物が小説という目的のためにゆがめて提示されたのだろう、などと気に病む人間はいまい。もちろん私も知っている、ある種の読者が「でも、本当はどうなったの?」と尋ねずにいられないことは。答えは簡単だ――恋人たちは生きのび、幸せに暮らすのである。私の最終タイプ原稿がたったひとつ生き残っているかぎり、自恃の心強き、幸運な私の姉と彼女の医師王子は生きて愛し続けるのだ」

七七歳になったブライオニーは脳血管性痴呆にかかっており、やがて短期的・長期的記憶の消失、単語の忘却、そして言語能力の失効、にさいなまれていくことが予想される。あるいは、これから書かれる『贖罪』の原稿――われわれが読んでいる『贖罪』の原稿――の執筆中にはその症状が出る／出ていたのかもしれない。「書く者」としてのブライオニーは「私という牢獄」からも「記号という牢獄」からも、「幽霊の復讐」からも逃れられず、永遠に「真実」は書くことができず、「小説を完成させる」という意味での「贖罪」は達成することができないのだが、その上に、彼女が書いていることそのものが、言葉によって紙の上に移し替えられる前の記憶／体験／現象そのものが、彼女の中で変質している可能性があるのだ。彼女の意識は薄れつつあり、記憶／体験／現象は薄れつつある。このことによってまた彼女は改稿の必然性に襲われるのだ。それは本当に自分が書きたかったことだろうか？　事実はどうか、その時彼ら／彼女らはどう思っていたか、自分はどうか、あるいはそれらの事実は想像力によってどう書かれるべきか――彼女は自分の記憶さえも頼りにならない状況で『贖罪』をこれから書き、書き終え、今なお書き続けているのである。達成不可能な旅――「贖罪」の旅――をこれから始め、終え、そして今なお続けているのである。許しを与えてくれるはずのロビーもセシーリアも死に、他者による許しが――「贖罪」の終わりが――あらかじめ与えられることがあり得ないまま、彼女はその終わりのない物語を語るのである。

彼女は事実に基づく小説として『贖罪』を書くことを、自らの犯した罪への「贖罪」として課した。しかし、彼女はその思いとは矛盾する形で嘘も混ぜている。それも、この『贖罪』という物語の決定的なシーンにそれは現れている。

「それまでの原稿はどれも非情だった。けれども私にはもはや分からないのだ――たとえばロビー・ターナーが一九四〇年六月一日にブレー砂丘の近くで敗血症のために死んだこと、あるいは同年の九月にセシーリアが地下鉄バラム駅を破壊した爆弾によって死んだこと、それらを直接間接の手段で読者に納得させても、何の益があるのか」

そしてこの小説は、次のような言葉で終えられる。

「私は思いたい――恋人たちを生きのびさせて結びつけたことは、弱さやごまかしではなく、最後の善行であり、忘却と絶望への抵抗であるのだと。私はふたりに幸福を与えたが、ふたりが自分を有してくれたことにするほど勝手ではなかった。完全な有しはまだなのだ。ふたりを自分の誕生生パーティに現れさせる力が私にあれば……ロビーとセシーリアが、まだ生きており、まだ愛しあっていて、図書館で隣り合って座り、『アラベラの試練』にほほえみを浮かべているというのは？　不可能ではあるまい。

けれども、もう寝なくては」

ここで明かされているのは、事実としてはロビーとセシーリアは再会する前に互いに既に死んでいたことであり、事実として書かれていたはずの小説に「虚構」が入りこんでいることである。小説の中では二人を巡り合わせ、「幸福」を与えたのだ、とブライオニーは言い、たとえそれが虚構であったとしても、それでいいのではないか、と言うのである。そして彼女は彼ら――ロビーとセシーリア――にこれからさらなる幸福を与えようと改稿の計画を練りつつ眠りにつく。

果たしてこうしたブライオニーの態度は「贖罪」の名に値するものだろうか。「現実」ではない「虚構」を求める妄想、現実を理性によって統御し、筋道立った物語として捏造した一三歳のブライオニーの主知主義的な態度と、現在、七七歳になったブライオニーの、こうした「虚構」としての「小説」を書き、また書き続けようとする態度のどこに違いがあるというのか。七七歳のブライオニーもまた、一三歳のブライオニーを否定する過程において、自己という名の内的な円環に入り込んでしまっているのではないだろうか。

ヘーゲルは、「愛とは一般にわたくしと他者との統一の意識をいう」と言った。ブライオニーはそのようにして「他者と一つ」になる試みとして『贖罪』を書いた。しかし、そのような試みは可能なのだろうか。ブライオニーは「事実を物語る」ことの不可能性、そして「他者と一つ」になることの不可能性を察したがゆえに、『贖罪』という物語の中に「虚構」を織り交ぜたのではないか。

恋人たちは死んだ。二人は出会わなかった。二人の愛は叶う前に失われた――。そのような物語を描くことが果たして「贖罪」になり得るのだろうか――彼女はそう考えるのだ。場所を移し、いきさつを変え、粉飾を加える――想像力という霧をかける。そして、現実と虚構を和解させる。それこそが自分が「小説家」としてするべき使命だと彼女は知るのである。

ここで最も重要なのは「他者への贈与」、つまり、「他者のために何かをする」ということだ。

「他者と一つ」になることは不可能だ、しかし、それは「試みられなければならない」、何のために？　他者のために。ここでは「他者と一つ」になろうとする「ヘーゲル的な愛」に近づこうとすればするほど、他者について意識せざるを得ず、自己の意識から遠ざかっていくという矛盾が描かれている。ヘーゲルの言う「他者と一つになる」という「愛」のあり方は、「一つになりたい」と考える「他者」について考えれば考える程に、「他者」が明確化してしまう、という不可能性を孕んでいるのである。しかし、ブライオニーはその矛盾の中に「小説家」として自ら足を踏み入れる。「愛」は不可能であるが、しかし、それは「試みられなければならない」からだ。しかし、このように、「不可能な愛」を語ろうとするブライオニーの「小説家」としての姿勢は、「愛」に満ちていると言える。

ここには、愛することの絶望と、そして、愛することの全ての希望がある。

一三歳のブライオニーは「物語」のための物語を書いた。しかし、七七歳のブライオニーは「愛」のために物語を書いている。ここでは「愛について語ること」がコンスタティブに「愛」であると同時に、「愛をもって書くこと」それ自体もまたパフォーマティブに愛なのだ。換言すれば、「愛について語る」ことは、「愛」の不可能性ゆえに理論的には不可能であるにもかかわらず、「罪」を「償う」ために実践的に不可避である。物語を書くということ。そして愛するということの「不可能性と不可避性」がブライオニーを捕らえているのだ。そして、ブライオニーはそれらを踏まえて、それでも「愛について語る」ことを、あるいは「語ることで愛する」ことを試みる。それは「脱構築不可能」な「正義」であり、「愛」であるのだ。「贖罪」は終わらない。脱構築は永遠に続く。幽霊の復讐は永遠に続く。そして、ブライオニーの――それも「脳血管性痴呆」であり、記憶を失っていくブライオニーの――想像力によって生み出される「物語の可能性」も無限である。もしあだったら、もしあの時こうなっていたら……、ブライオニーはここでもまた想像力を働かせるのである。なぜなら「完全な有しはまだ」なのだから。

ブライオニーは永遠に許されることはない。彼女は永遠に、無数の「そうだったかもしれない」可能性の中をさまよい、そしてかつて引き裂いてしまった恋人たちの幸せな姿を描き続けるのだ。それは小説として、物語として、永遠に残る。『贖罪』の物語の中で恋人たちは幸せであり続ける。ブライオニーによる「愛」によって、「他者と一つ」になろうとする、不可能だが不可避な試みへ飛翔する思いによって、彼ら／彼女らは切実な生を生きつづける。しかし、現実は、そうではなかったかもしれない。だから物語はまた再び始まりの場所に戻ってこなければならない。悲劇の起きた、一九三五年のあの日に戻らなければならない。贖罪は永遠に終わらない。しかし、試みることが全てなのだ。贖罪は理論的には不可能だが、実践的には不可避である。「贖罪の理論的不可能性と実践的不可避性」――贖罪が不可能だと知りつつ贖罪を「あえて」断行しなければならない――そうした捻じれ、そうしたアイロニーこそが『贖罪』という作品を貫徹する構造であり、そのまま最大のテーマでもある「愛」を表象してもいる。『贖罪』という作品はそのように論じることができる。

＊

しかし、そもそも「贖罪」はなぜ遂行されなければならないのか。ロビーとセシーリアは死んだ。それではブライオニーは誰のために「贖罪」を続けるのか。何のために「贖罪」を続けるのか。死者がそれで救われるというのか。死者のために「贖罪」をして一体何の意味があるというのか――。

確かに死者は存在しない。しかし、死者は存在するとは他なるものとして「過ぎ越す」という在り方――「存在するとは別の仕方」――として存在する。死者は存在するわけでもなく、存在しないわけでもない。死者とは存在し、同時にその存在を解体し続ける者のことである。生きる者は、彼ら――死者――のまなざしを「内在化」することで生きる。生きる者は死者の声――現前の唯一性であり、同時に幽霊の複数性でもあるような声――を聴き続けることで生きるのだ。

死者の記憶。

幽霊の「声」の反復的回帰。

例えば『アムステルダム』という作品において、マキューアンはモリーという死者を、物語を駆動させる装置として設置する。モリーのかつての恋人である主人公の二人、クライヴとヴァーノンは、モリーが死んでから、自分たちがどれほどモリーのことを愛していたか気付き、そしてモリーという死者のまなざしを自らの行動の規範としていくのである。

クライヴは、新聞社の編集長であるヴァーノンが、モリーの死の直前の恋人だった政治家のガーモニーのスキャンダラスな写真を、スクープ記事として掲載しようとする際に、次のように言ってそれを止めようとする。

「モリーのためだよ。ぼくらはガーモニーが好きじゃないが、モリーはガーモニーが好きだった。ガーモニーはモリーを信頼して、モリーはその信頼を尊重した。あの写真はふたりの秘密だよ。モリーの写真であって、ぼくにも君にも君の読者にも関係ない。モリーなら君のしていることに怒っただろう。はっきり言えば、君の行為は裏切りだ」

ここでヴァーノンの行為を批判しているのはクライヴだが、その批判の動機は彼自身に帰属しない。ここでは飽くまで、「もしモリーが生きていたらそう怒っただろう」という「だったかもしれない」位相によって彼の言葉は語られているのである。クライヴはモリーという死者の声を内在化することで、彼の意見とし、ヴァーノンを批判しているのである。

また、『愛の続き』においても死者の反復が描かれる。『贖罪』と同様の「悲劇の反復」が行われるのである。次に引用するのは、気球事故による一人の男の死を目の当たりした主人公のジョーが、その事故を回想するモノローグである。

「そしていま、すべてがどっとばかりに襲ってきた、事故の再検討、追体験、語り直し、悲しみのリハーサル、恐怖を祓う儀式。あのときの出来事、ぼくらの知覚したことが一晩のうちに何度となく反復され、ぼくらがあの出来事を表すために彫刻したフレーズや単語が際限なくくり返されて、ぼくらのそんな行動を理解するには、何かの儀式が進行しているのだ、言葉で出来事が描写されると同時にひとつの呪文がくり返されてもいるのだと考えるほかなかった」

『愛の続き』は一貫してこのように、科学ジャーナリストである主人公のジョーが「気球事故」という日常の慣性から脱した不条理な出来事、死者の存在、魂の有無、パリーという神秘主義者、神の存在、そして愛の存在、といった、科学では割り切れない諸々の事柄について、何度も何度も反復的に考え、考え直す過程が描かれることによって成立する作品である。ジョーは死者の存在などを考えたくはないが、考えざるを得ない、そうした葛藤の中を生きる。

気球事故で死んだローガンという男は作品の中で「ジョン・ローガンの亡霊はまだ部屋にいた」といったように、はっきりと幽霊として描写され、ジョーはそれから逃れることができず、ローガンの住んでいた家にまで訪ねる。彼はなんとかして理性によってそれらの不条理を理解しようとする。しかし、理性は負け、彼は徐々に精神に異常をきたしていく——ジョーの「理性」は幽霊の反復によって脱構築され、彼は彼の自己同一性を喪失していく——そうした構成が『愛の続き』の基本的なあらすじだった。

そして、『贖罪』はブライオニーが死者の声を積極的に聞き、彼女自身の想像力を最大限に稼働させることで、全ての幽霊を包摂し、死者の願いを叶えようとする物語だった。

死者は生きている時よりもさらに生きている、とは、生きている者は死者にまなざされることで生き、死者の呼び声を聞くことで生きることを意味する。

こうした死者に対する思考はエマニュエル・レヴィナスの思想に近い。レヴィナスは『存在するとは別の仕方であるいは存在することの彼方へ』の中で、次のように言っている。

「存在とは他なるもののみならず、過ぎ越すという事態（成就された事実）もまた実に不可解なものだ。過ぎ越すという事態が存在とは他なるものに行き着くもので、それゆえ、過ぎ越しに際してみずからの事実性（既在性）を解体することとしかできないとすれば、過ぎ越すという事態に一体どのような意味がありうるというのか。

存在するとは別の仕方で、存在とは他なるものへと過ぎ越すこと。別の仕方で存在することではなく、存在するとは別の仕方で。それは存在しないことでもない。存在とは他なるものへの過ぎ越しは死ぬことではない」

ブライオニーが二人の恋人たちの死後も小説を書き続けなければならなかったのは、そうした「存在とは他なるもの」としての、「過ぎ越し」としての死者の声を物語に反映させる必要があったからなのである。

　ロビーとセシーリアの二人の恋人たちは死に、この世のどこにも存在していない。しかし、ブライオニーの「内在」として、「存在するとは別の仕方で」――微かに揺らぐ声として――存在し続ける。ブライオニーは彼らの声を聴くことで「贖罪」の必然性を感じざるを得ないのだ。死者は「生きている時よりもさらに生きている」。彼らはブライオニーに「贖罪」を要請する。生きていた時よりもさらなる必然性をもってして。

　レヴィナスはまた、「贖い」という概念も提示している。最後に、「贖うこと」について語ったレヴィナスの言葉を引いて、この論考を閉じることにする。


「誰も私の代わりになることはできない。存在と無の戯れが、私の唯一性の意味を無意味に帰すことはない。人質ないし捕囚であるという条件、それは選択の余地なき条件である。もし選択の余地があったとするなら、主体は自己配慮を、そしてまた、内面的生にうがたれた数々の出口を保持していることになろう。しかるに、主体の主体性、主体の心性は「他のために」(他の代わりに)にほかならず、主体性が有しているかにみえる自存性さえ、他を支えること、他のために贖うことをその本義としているのだ」

＊

現代においては、愛についての物語は不可能だが、物語自体が愛を表象することは可能なのではないか——マキューアンは『贖罪』において読者にそう問いかける。「他者」を愛すること、「他者」の愛を語ること、そして「他者」に愛を語ることが孕む、語り得ぬことを語ろうとする奇跡、「論理的」には無根拠だが、その「倫理的」な重要性——マキューアンは『贖罪』においてそういったことをわれわれに伝える。

本稿では、マキューアンが「愛」について語ろうとしたこと、現代においてはストレートに「愛」を語ることが「理論的に不可能」であること、そして、それにも関わらず、マキューアンにとってそれは「実践的に不可避」だったことについて論じてきた。『贖罪』は非常に複雑な小説である。メタフィクション、歴史的パースペクティブ、ポストモダニズム、書かれる者は書く者から逃れ得ないという円環構造、脱構築可能な全ての物語、そして脱構築不可能な愛——。こうしたポストモダニズム以降の思想や文学理論によって断片化された記号としての「文学的装置」を随所に巧みに配置しながら、それら全てを古典的な物語のダイナミズムの中に統合していく——『贖罪』の構造を最も簡潔に要約するとそのようなものになるだろう。

物語は虚構にしか過ぎない。しかし、現実はどうなのか、マキューアンはそうした問題を提示する。テクノロジーの発達、後期資本主義、ポストモダン——そのように呼ばれるようになってから、われわれの住む世界はそれ自体がメタフィクティブになっていった。現実さえもが虚構化している――それがわれわれの住む世界の現状である。前例に基づいて行為はなされ、それは体系化され、やがて神話化する。『贖罪』のブライオニーは、彼女の前にあった文学的想像力という前例に魅了された。ダンケルクの戦いは、そこで戦った兵士たちの勇敢さが称えられ、「神話」となった。あるいは9・11、同時多発テロ事件はどうか。テロリストたちは自分たちの物語、自分たちの神話を信じていた。テロが起きてからのアメリカ国民たちは「9・11を忘れるな」という標語のもとに、テロ事件を神話化することで自分たちの共同性を確認し、結束を深めていった。

われわれは物語に魅了される。われわれは物語から逃れることはできない。ブライオニーの悲劇も、戦争という悲劇も、テロという悲劇も、物語への深い信仰ゆえに引き起こされた悲劇である。このように、われわれが考えている以上に、われわれの住む世界が物語に侵犯されているというのなら、われわれはどのように悲劇を避けることができるのか。

マキューアンの解答はこうだ。物語を否定するのではなく、想像し得る限り最も大きな物語で全ての物語を包摂すること。たとえそれが誤る可能性を孕んでいたとしても――。

構築物としての物語は必謬性を内包している。人間の理性は必謬性を内包している。全ての構築物は相対化され得る、全ての構築物は脱構築され得る――「だからどうだと言うのだ?」これがマキューアンの作家としての姿勢である。

小説は全ての物語について語ることはできない。

小説は完璧にはなり得ない。

しかし、「試みることが全て」なのだ。

小説は、過ちを犯しながら、それでも書かれ続けるのだ。

物語を書くことの不可能性を知りながら、それでも書き続けること――それこそが、小説家にとってのなによりの「正義」であり、「愛」なのだから。


愛することの不可能性と愛することの不可避性。

ここには愛することの絶望と、愛することの全ての希望がある。

私は『贖罪』をそのような観点から論じた。


こうした読み方はマキューアンを論じるに際しての一つの解答にしか過ぎず、ある点では正しく、そしてある点では誤っているのだろう。『贖罪』は、私のこんな小さく不細工な論考などよりもずっと複雑で、ずっと緻密で、そしてずっと魅力的だ。魅力的な小説は無数の読みの可能性を孕んでいる。『贖罪』という小説は、全ての読み方が正しく、そして全ての読み方が誤っているような深淵である。

しかし、私はこのようにしか読むことができなかった。そして、このように読まざるを得なかった。
『贖罪』という小説を、このような形で私に読ませたのは、ほかでもない死者の声である。死者は、生きていたころよりもさらに生きている。生き残った者は死者の声――現前の唯一性であり、同時に幽霊の複数性でもあるような声――「内在」として、「存在するとは別の仕方で」、微かに揺らぐ声――を聞き続けることで生きる。

マキューアンの作品には死者の声を聞く人々が多く登場する。『アムステルダム』のクライヴとヴァーノンは、つねにモリーという死者のまなざしを自らの規範として行動していた。『愛の続き』のジョーは死者について何度も語り直すことを必要とした。そして、『贖罪』において、ブライオニーは「贖罪」という作品に生涯を費やさざるを得なかった。

私はこの論考を、愛する者を失って、深い悲しみのうちにある時に書こうと思い立った。そして、彼女が生きていたころに関わった全ての人々のために、また、死者への弔いとしてこの論考を書こうと思った。
だから、私はこの論考を、失われた愛と、そして永遠に続く愛に捧げて書いている。

「愛と死」。それがこの論考のテーマである。
だから、この論考の中のマキューアンの小説は、私の思考によってひどく歪められて読まれている。しかし、それはそう読まれなければならなかったのだ。

ある意味で、私はこの論考において、マキューアンを論じたのではなく、マキューアンを鏡にした私の思想——私自身の「失われた愛と、永遠に続く愛」——について論じたのだとも言える。しかし、私はそう論じなければならなかった。私はそのように書き、そのように書かなければならなかった。「死者の声」が私にそうさせたのである。私が生きているあいだ、「存在するとは別の仕方で」関わってくる彼女の声に耳を傾け続けること、それが私の生きている限りの責務なのだ、と、私は『贖罪』を読みながら考えた。だから私は私のそうした思考を、七七歳の「小説を書き続けるブライオニー」に投影して読んだ。

私は論考を書きながら、ずっと、死者への弔いについて考えていた。私は死者をどう弔えばいいのか分からなかったが、弔いの倫理性は、「どう弔っても正しく」、かつ、「どう弔っても不十分」である、という達成不可能性によって担保されるものだとも思える。私は彼女の代わりに死ぬことはできない。彼女は私の代わりに生きることはできない。彼女は死んだのであり、そして、私は生きている。彼女の死に対する私の理解は、言明は、行為は、少なくともそれだけでは、彼女が死んだという厳然たる事実をいささかも軽減しはしない。しかし、それでも、私は彼女について考えざるを得ない。理解のできないそれを理解しようと、言明できない何かを言おうと、達成不可能な何かをしようと、「試みなければ」ならない。

私は私の思い出と記憶を愛していた。いや、愛さざるを得なかったのだ。私は思い出の中に、そして、記憶の中に投げ込まれているのだから。

私はこの論考を書きながら、私自身の身近な死について考えていた。

死とは一人の人間の、かけがえのない一つの世界の終焉である。私は彼女の、永遠に彼女のものでしかない世界の終焉の中で、全ての、終わってしまったあとの世界の記憶の中で、この論考を書いていた。

「喪の作業」ははじめから運命づけられている。死者を追悼するということは、死者について語ることなのではなく、死者とともに語り続けること、死者とともに生きていくことだ。

われわれは生きている限り、死から逃れることはできない。われわれは死とともに生きている。生の中に投げ込まれていることは、つまり、そのまま死の中に投げ込まれていることを意味する。

「世界の終焉」に対してまっすぐに語りかけなければならないこと、届くことのない手紙を、宛先のない手紙を、私の中で生きつづける幽霊に対して書き、その名を呼び続けなければならないこと――それを私は知っている。知っていた。

われわれは、生まれたときから「世界の終焉」を条件づけられている。われわれは出会った時から、名を知った時から、愛し始めた時から、「世界の終焉」を条件づけられている。われわれは、いつか死ぬことを決定づけられた者だけを愛し、われわれが愛する者がいつか死ぬことは、むしろ、われわれの愛することの、その条件なのだ。

私と彼女は出会った時から喪に服さなければならないことを知っていた。私はそれを知っていた。知っている。

私は喪の中に投企されている。私は喪に服しているのであり、その限りにおいて、私は私なのである。幽霊の記憶。死者とは去ってしまった者であるが、私が死者の記憶の中に投企されている以上、私にとって、死者は死んではいない、微かな――幽霊のような――存在である。私は彼女を弔う、私は幽霊の幽霊性について語る、思いを馳せる、ゆえに、私は存在する。

そして今、私にはいかなる「喪の作業」が可能なのだろうか？

私には、「他者へまっすぐに」「直接的に」「愛し敬服する他者について語るよりも先に」「他者へ向けて（他者のために、他者の代わりに）」語る必要があった。

そのようにして私は、この論考を書き始めた。

どのようなあり方であれ、私は彼女を弔わざるを得ない。どのように弔うのかが分からなくても、それは避けることはできない。そして、それはその限りにおいてその「正義」を保証し、「愛」を保証する。たとえそれが達成不可能な試みであっても、結局は「試みることがすべて」なのだから。


死者のために、生きている者が自らの「生」を賭して、何かを成し遂げようとする。そうした死者への弔いとして私は『贖罪』を読んだ。私はマキューアンの小説を読んだ。『アムステルダム』も『愛の続き』も、もうここにはいない「死者」たちのために、誰かが何かを考え、何かを言おうとし、何かをしようとする物語だった。「死者」とともに生き、「死者」とともに（死者のために、死者の代わりに）語ろうとする物語だった。

しかし、本稿においては、これらの小説の中では、愛がまるで「死者」のためだけにしか成立し得ないかのように、私は読み進めてきたが、もっともマキューアンはそうした「根源的なアイロニー」だけではなく、随所で、もっとリアルな、日常的な人間関係における純粋な愛――ヘーゲル的な「他者との合一」――がまるでその時だけは成立しているかのような、そんな美しい瞬間も切り取って見せる。

『愛の続き』からのワンシーンである。

「「ジョー」とクラリッサは言った。「会いたかった、愛してる、なんて晩だったでしょう、ルークのやつ。ああ、ほんとに愛してる」

ああ、ぼくも彼女を愛していた。いくら記憶や予測のなかでクラリッサのことを考え、彼女をくり返し再体験しようとも、彼女のからだの感触、声、ぼくらの間を流れる愛の本質、動物的な実存そのものが、いつでも親しさとともに新たな驚きを与えてくれるのだった」

『愛の続き』という作品は、語り手が自らの語りに対する信頼を失い、絶えず自己言及を繰り返し、それに従って読者も「物語のどこを信じていいのか分からなくなる」といったような分裂症的な語りを特徴としていた。そうした分裂症的な語りの中で描かれる愛は、グロテスクな妄想の中に包まれた定義不可能な宙吊りであり、「不安定な語り」と、それによって語られる「切実な愛」、というマキューアンらしい「不可能性」と「不可避性」という葛藤によって描かれていた。しかし、右に引用したワンシーンさえもが「決定不可能性」の「宙吊り」にあると読むのは無粋というものだろう。私は信じたい。ここで描かれているものは、記憶＝幽霊の反復可能性という想像力に対する現実の強度の超克であり、純粋に、現実の愛──「他者との合一」としての愛──が描かれているのだと。たとえそれが「不可能なもの」だとしても。

こうしたシーンを見る度に、マキューアンはそうした愛のあり方をきっと信じているのだし、そうした愛のあり方を、いつか、いささかのアイロニーさえもを差し挟まず、もっとストレートな形で描くだろう、と私は思う。

B3

未完の青春
——佐川恭一『受賞第一作』

夢を見るとき、人は夢だけを見ているのではない。多くの人は、夢に付随する副産物もまた夢想する。

通常、音楽が好きな人は音楽家を志し、小説が好きな人は小説家を志す。音楽が好きだから、小説が好きだから、という理由で。

しかしながら多くの場合、夢に求められるものは夢そのものだけでなく、異性に好かれたいとか、誰かを見返したいとか、コンプレックスを払拭したいとか、それまでの人生を大きく変える、あらゆる「一発逆転」の人生の可能性が賭けられる。

もちろん——当然のことながら——音楽家であることや小説家であることと、異性に好かれることや誰かを見返すこととは関係がない。音楽を作ることで彼や彼女は音楽家になるだろう。小説を書き続けることで彼や彼女は小説家になるだろう。彼や彼女の夢はそのとき叶うだろう。

だがそれは、夢見る過程で見られた夢とは異なる形で叶えられる。そうした意味で、夢は決して叶うことはない。

幸せになるために小説家になるというのは端的に論理が破綻している。幸せになるためには幸せになるための努力をするべきであって、幸せになるために小説家になるための努力をするというのは全くの見当違いであるのだが、多くの場合、青春という時代はそうした勘違いを許容する。やがて多くの人はそうした時代を終える。夢をあきらめ、現実と折り合いをつける。何にも希望を見出すこともなければ、何にも絶望を見出すこともない。一般に、成熟とはそのようなものだと考えられる。しかし、ときどき青春を終えることなく、いつまでも夢を見続ける人がいる。本作「受賞第一作」の語り手のように。

本稿は佐川恭一の長篇作品「受賞第一作」の解説を目的としている。

＊

受験、就活、結婚、出産、育児、介護――いくつかのライフイベントを通過して、多くの人は変わっていく。通過儀礼を終えて変わっていくこと――成長し成熟していくこと――が大人になるということなのだと、社会は様々な仕方でわれわれに語りかける。われわれはそこに疑いを差し挟むことはない。一方、佐川恭一の小説では、ライフイベントだけがただ単に過ぎ去っていく。語り手は変わらず、周りの環境だけが変わっていく。大学に受かっても、就職をしても、結婚をしても、語り手はいつまでも子どものままに、変わらない満たされなさを抱えている。彼は青春の中で夢を叶え続け、夢を叶えることができず、ただ歳だけを重ねていく。

青春小説は青春の終わりを前提とする。少年は夢をいだき、挑戦し、挫折し、諦め、その過程を通じて大人になる。しかし佐川恭一の青春小説はそうではない。そこで描かれるのは迎えられることのなかった青春であり、青春の呪いである。呪いは解かれることなく回帰し、青春は終えられることなく反復する。


本作「受賞第一作」は、内容だけでなく形式においても終わりのない青春を表象する。二〇〇枚を超える原稿の中で改行はほとんどなく、文末は最後の一文を除いて全て読点で統一されている。改行/句点=終焉は置かれることなく、連想によって数珠繋ぎにされた挿話が、読点を介して延々と語られ続けるのだ。

挿話の一つひとつを取り上げることはしない。本作は挿話の連結によって成る小説であり、全ての挿話を取り上げることは本作全文をそのまま引き写すことになるからだ。本作においては全ての挿話に意味があり、意味がない。一つを読むのと全てを読むのは同義であるが、同義であるわけでは決してない。

どういうことか。その疑問は、全ての挿話に共通して見られる構造と、反復そのものの持つ機能に着目することで解消される。

本作を成す全ての挿話は、次のような単純な構造を持っている。

①語り手は夢を見る
②語り手は夢に纏わる妄想を膨らませる
③語り手は夢を叶える
④肥大化した妄想は取り残される
⑤語り手は満たされなさの中で、新たな夢を探し求める
⑥①に戻る

このように、当初の夢と、夢を叶えるための日々を楽しむための妄想はどこかで入れ替わるために、語り手は夢を叶えながら、本当に叶えたかった何かを取り逃がしていく。

たとえば最初の挿話において、語り手は京都大学合格を目指す。彼は青春時代を過酷な受験勉強に費やし、その甲斐あって、念願通り京都大学に合格する。しかし合格した先に待っていたのは合格前と変わらぬ生活であり、彼はそのとき「トカトントン」という音――かつて太宰治が語った、あらゆるやる気を醒めさせるあの音――を聞く。自分が目指していた京大合格と

は、京大に合格するという事実以外の何物でもなく、人生を救済したり、幸福をもたらすものであるわけではないことに、彼は京大合格という夢を叶えてから初めて気づくのだ。

それから彼は、何者にもなることはなく、異性にモテることもなく、他人と深い関係を築くこともなく、なんとなく大学生活を過ごし、就職する。就職してからも彼はうまく周囲になじめず、仕事を覚えられず、他人に嫌われ続けるだけの無為な日々を過ごす。彼は最初の仕事に見切りをつけ、一念発起して公務員試験の勉強を始め、念願かなって公務員になるが、それも彼の人生の状況を改善することはない。公務員とは公務を行う職員を意味するに過ぎず、当然ながら、民間の会社員と比較して、よりよい人生が保証されているとは限らない。彼はふたたび、周囲になじめず、仕事を覚えられず、他人に嫌われ続けるだけの日常の中へと帰っていく。

やがて語り手はいくつめかの夢として小説家を目指し、そして実際に小説家になる。彼はサービス残業とパワーハラスメントが横行するブラック労働に苦しむ日々の中で、うだつの上がらぬ生活を変えるために小説を投稿し続け、見事純文学の新人賞を受賞するのだ。しかしその事実もまた、彼が本当に欲しかったものを与えることはない。挿話は最後、パワハラ上司に「小説家になったから仕事をやめたい？　あほか、お前の小説なんて誰が買うんや」と嘲笑されて終えられる。

本作はこうした挿話の反復によって成立する。反復は挿話の構造を浮き彫りにし強調するが、一方で――ロベルト・ボラーニョ『２６６６』において、類似の殺人事件が繰り返し書かれることで各々の事件や被害者の命の固有性が薄弱化していったことに顕著なように——、各々の挿話から一回性／唯一性＝〈その挿話がその挿話でなければならなかった実存的な意味〉を奪いもする。そして、浮き彫りにされ強調され取り残されるのは、前述の、〈叶えられることによって叶えられなかった夢〉、永遠に横すべりしていく夢の空疎さだけである。

本作のタイトルは「受賞第一作」である。語り手が最後に見る夢は、新人賞受賞後の第一作、つまり、「受賞第一作」と呼ばれる本作を完成させることなのだ。彼は「受賞第一作」と名づけた原稿に挿話を書き続ける。それは編集者から没を食らった未完原稿の墓場の名でもある。彼は既に七〇歳を超えている。

彼は書き続ける。彼は句点を打つことはない。彼はあるとき没原稿を量産し続けるだけの自分の人生に嫌気がさし、壁に飾られた「京大A判定の模試の結果」と「新人賞受賞時の賞状」を破り捨てようとするが、模試の結果を捨てることはできても、賞状を捨てることはできなかった。彼はそのとき自身が身を置いていた「受賞第一作を書く」という青春の呪いから、逃れることはできなかったのだ。

受賞第一作を書き続けること。受賞第一作を完成させること。それが自分の最後の夢になることを彼は知っている。そして彼は、その作品が完成しようと完成しまいと、本当は自分が何も得ることはできないことを知っている。そういう意味で、永遠に自分の夢は完成することはないのだと、彼は知っている。

なぜなら、それまで「受賞第一作」を書き続けることを通して――大量の記憶を掘り返し、大量の挿話を書き、大量の没原稿を書き、夢を何度も反復することを通して――、自分がかつて夢だと思い込んでいたもの、叶える価値があると自分に言い聞かせていたもの、手に入れたいと自分に言い聞かせていたもの、努力に値すると自分に言い聞かせていたものには、何の価値も何の意味もなかったということを、彼はもう十分に学んでいるからだ。


最後の挿話で、彼は自らの記憶とは言い難い、幻覚のようなものを目撃する。それは、四〇年前の黒ギャルのアダルトビデオを観ているときに訪れた。彼は四〇年前のアダルトビデオを観ながら、この黒ギャルも今頃は七〇歳を超えているだろう、などと考えていた。

そのときふいに彼は、「この黒ギャルは〈セトさん〉だ!」という抗いがたい直感に襲われる。セトさんとは、語り手が中学生の頃に好きだった、初恋の女の子のことである。やがて彼は、四〇年前の黒ギャルの姿に子どもの頃のセトさんの姿を投影し、射精に至るのだった。

それから彼は、中学生の頃、セトさんたちと行ったアメリカ研修旅行のしおりを探しはじめる。しおりを探し、その過程で、部屋に堆積した記憶の断片たちをふたたび掘り返そうとするところで、本作は終えられる。

最後の挿話を、われわれはどのように解釈すればよいだろうか。本当に求めていたのは初恋の人だったということなのか、それとも記憶を探る過程そのものなのか、あるいはやはり、それらを束ねる「受賞第一作」の執筆なのだろうか。

書かれた小説には書かれた小説以外の何もなく、そこから作者の本意を読み取ることなどできはしない。われわれ読者には作者の本意などわかるはずもなく、そもそも本意を探る必要もないだろう。たしかなのは、本作が多様な解釈に開かれた、今なお新たな挿話が書き続けられ書き連ねられる、永遠に未完の、終焉を迎えることのない「受賞第一作」であるということだけだ。

本作は未完の小説である。本稿で繰り返し指摘してきた通り、本作は挿話の羅列から成る小説である。挿話はただ書き連ねられ、物語を生むことなく、どこにも着地することなく、単に記述としてそこにある。だから、本作は小説としては壊れている——あるいは佐川恭一の小説はどれも、いつもどこかが壊れている。誤解を恐れずに言えば、佐川恭一の小説は、一般的には優れた小説とは言えないだろう。しかし、その小説の芸術作品としての優劣と、その小説が私にとって大切なものであるかどうかは関係がない。

たとえばミシェル・ウエルベックは「文学だけが、他の人間の魂と触れ合えたという感覚を与えてくれる」と言っている。「ただ文学だけが、他の人間の魂と触れ合えたという感覚を与えてくれるのだ。その魂のすべて、その弱さと栄光、その限界、矮小さ、固定観念や信念。魂が感動し、感動を抱き、興奮しまたは嫌悪を催したすべてのものとともに。文学だけが死者の魂ともっとも完全な、直接的でかつ深淵なコンタクトを許してくれる」のだと。そして――ウエルベックが言うように――、私はまさしく本作に触れることで、魂が震える感覚を覚え、魂を以て、語り手や作者と触れ合えたような気がしたことを、ここでは書き添えておきたい。

つまるところ本作「受賞第一作」は、小説を読むことの原初の喜びを私に与えてくれたのだと言え、そうした意味で本作は、文学的価値や評価とは無関係な位相において、私にとって、大切で特別で実存的な意味を持つ、この形でしかありえない、たった一つの作品だと言えるのだ。

＊

本稿を終える前に、一つの蛇足をお許しいただきたい。

私は佐川恭一の小説が好きだ。佐川恭一の小説を読んでいると、この人は私よりも私のことを理解しているのだろう、というような感覚を覚える。

もちろん、そんな感覚は錯覚に過ぎず、私の妄想の域を出ないのだが、しかし代弁者であると言い換えるならば妥当だろう。

佐川恭一は私の代弁者である。私は私のことをこれほどまでにあけすけに語ることはできない。私は私について語ろうとするとき、どうしてもどこかで良い格好をしようとしてしまう。私は自分の性癖を公開することなどできはしないし、自分の弱さと向き合うこともできない。他人に冷たくされたり、侮られたり、利用されたりした過去の記憶を小説の中で反芻することもなければ、記憶の中で葛藤することも、もちろん記憶を克服することもない。

文章を書くとき、私は、楽しかった思い出をただ単に反復するか、または硬く口を結び、仏頂面で真面目くさった話をするだけだ。この文章がそうであるように。

佐川恭一は、そんな私の代わりに私を語り、私の欺瞞を暴いてくれる。佐川恭一の小説を読んでいると、そんな気がしてくるのだ。

繰り返すが、私は佐川恭一の小説が大好きだ。

あなたもそうであることを——そのようになることを——、この小さな文章の中で、私はささやかながら願っている。

B4

明晰な虚構の語り、文学だけが持ちうる倫理
——阿部和重『Orga（ni）sm』

『オーガ（ニ）ズム』。生物／快楽。種無し／マリファナ（『シンセミア』）と雌しべ／拳銃（『ピストルズ』）に続く——神町三部作を完結させる——植物を示唆するダブルミーニングのタイトル。種無しの雄しべと雌しべによって生まれる新たな生物、マリファナと拳銃が出会う先にある快楽、それを表象するのが本作だ。

『シンセミア』が三人称複数視点によるスピーディな群像劇であり、『ピストルズ』が一人称複数視点による静謐かつ濃厚な語りであったことに対して、本作『オーガ（ニ）ズム』は基本的に、三人称単一視点という非常にオーソドックスかつシンプルな——王道のエンタメ小説のような——手法によって語られる。デビュー以来、阿部和重の大きな特徴の一つとして知られてきた「語りの構造の複雑さ」は、本作ではなりをひそめている。おそらくそれは伊坂幸太郎との共作『キャプテンサンダーボルト』を通じて得た作家としての道具であり、もしかすると、

いわゆる「読者にとってわかりやすい文体」という、単なる情報伝達における技術的な論点なのかもしれない。しかしそうした〈複雑でない本作の語り〉は、本作の構造全体も複雑でないことは意味していない。むしろ、語りの構造が平易であり明晰であるがゆえに、事態はこれまで以上に複雑化しており、この語りでしかありえなかった新たな批評性を獲得しているとさえ言えるのだということを、ここでは指摘しておきたい。

どういうことか。まずは本作のあらすじを確認しよう。

二〇一四年三月三日月曜日の夜のこと。本作の主人公の一人である小説家・阿部和重の元に、一人の瀕死の白人がやってくる。男の名前はラリー・タイテルバウム。数日前に「ニューズウィークの編集者」として阿部和重に連絡をとっていた男だった。阿部和重はラリーを看病してやり、そこに至った経緯を確認する。ラリーが語るところによれば、本当は彼はニューズウィークの編集者ではなくCIAの職員であり、日本には世界の危機を救いに来たのだという。

国会議事堂地下の爆発と崩落により首都機能が霞が関から神町に移転している作中の日本で、阿部和重は、ノンフィクション作品を書くことを夢見る小説家として描かれる。ラリーはそんな阿部和重に、神町で「アヤメメソッド」と呼ばれる人心操作の秘術を扱う〈菖蒲家〉へのスパイ活動の協力を依頼する。ラリーによれば、時のアメリカ大統領であるバラク・オバマが近日神町に来訪予定であり、その来訪を見計らった核テロが、菖蒲家を中心に計画されているのだという。そして阿部和重は半信半疑ながらもラリーと行動をともにするようになり、やがて陰謀の核心へと至ることになる――。

以上のようなできごとが、数十年の時代を経て回想的に語られる。それが『オーガ（ニ）ズム』という作品の基本線である。

ここでは虚構化された現実が再度虚構化され、虚構が別様の現実の可能性を構築しようとする運動が認められる。われわれの暮らすこの現実において、山形県東根市に実在する「神町」が、『ニッポニアニッポン』や『ミステリアスセッティング』など、阿部和重の実在する小説群によって、「菖蒲家」や「新首都」といった虚構のヴェールを被せられ、半―虚構の町として自律しはじめたところに、「CIA」や「バラク・オバマ」といった実在する事物が導入され、虚構のレベルが揺るがされる――虚構である人工首都としての神町に、実在する人工国家であるアメリカのイメージが重なる――のである。ここでは虚構が現実を志向する運動と、現実が虚構を志向する運動を二重化する場として、小説が機能している。要するに、虚構の現実性と現実の虚構性を同時に暴く場所として、この「生物／快楽」と名づけられた小説『オーガ（ニ）

ズム』は存在しているのだ。

そのような世界にあって、物語の終盤、ラリー・タイテルバウムは「ここにないものが重要ということです」と語る。そう、ラリーの言う通り、全てが語り尽くされたように見えるこの巨大な虚構の神町で、決して語られなかったものを探すこと――本作の倫理について考えるとき、それが最も重要な営みなのだ。そして、本作の語りの構造が簡潔かつ明晰であるために、語られたものと語られなかったものの弁別は、明確な仕方で可能となる。

たとえば阿部和重という登場人物について。本作において、阿部和重の著作として『インディヴィジュアル・プロジェクション』は語られ、『ニッポニアニッポン』は語られ、『ミステリアスセッティング』は語られる。Wikipediaでは「テロリズム、インターネット、ロリコンといった現代的なトピックを散りばめつつ、物語の形式性を強く意識した作品を多数発表している」と紹介されていることが語られる。その一方で、『シンセミア』についても『ピストルズ』についても、あるいは本作『オーガ（ニ）ズム』そのものについても語られることはない。ここで語られる阿部和重とは、『シンセミア』も『ピストルズ』も書いていない、『オーガ（ニ）ズム』も書いていない、現実とは異なる体系の内にある、言うなれば、可能世界の阿部和重なのだ。

あるいは時事情報においてもそうだろう。本作において、首都機能移転時の首相は菅直人であり、アメリカ大統領は物語の最初から最後までバラク・オバマだ。小説内の主な舞台は二〇一四年だが、しかしそれは回想によって遠い未来より遡行的に語られた二〇一四年である。それが現実として語られる思い出ならば、安倍晋三やドナルド・トランプが登場しないのは不自然である。そう、それが現実であるならば。

しかしそれは決して〈この現実〉ではない。これは当然ながら小説であり、さらには物語の終盤で明らかにされるように、それまで語られていた物語は全て、実のところある虚構の仕掛けによって再構築されたものなのだ。ラリー・タイテルバウムと阿部和重が経験し、読者が読んでいる物語。それは明確に虚構であり、実のところ小説家が書いた小説ですらない。だから、これは現実そのものではなく、この現実によく似た現実なのだろう。要するに『オーガ（ニ）ズム』＝「生物／快楽」とは、虚構というもう一つの現実のことであり、それがもたらす快楽のことなのだと読むことができる。

『シンセミア』と『ピストルズ』、原稿用紙で総計二八〇〇枚を超える非実在の土壌の上に、一六〇〇枚を超えて芽吹く『オーガ（ニ）ズム』。繁茂する虚構の森。無数に伸びる枝葉の一つひとつが、あたかも一個の世界であるように、そこでは全てが語られる。そこには〈この現実〉以外の全てがあると言って過言ではない。そこにはノワール群像劇も、マジックリアリズムも、ロードムービーも、スパイ・アクションも、ミステリも、サスペンスも、ＳＦも――種無しの雄しべが雌しべと交配するように――、あらゆるジャンルが複雑に絡み合い、一個の、「虚構」と呼ばれる「決して実在することのなかった生物」を生み、その生態系を育んでいる。そこにはそうした形でしか喚起することのできない風景があり情動があり快楽がある。そこには「ありえたかもしれないもう一つの現実」――バラク・オバマが救われ、オバマのアメリカが救われ、世界の危機が救われる並行世界――が描かれる。

一方で、そこでは実際に発生した〈この現実〉だけが欠け落ちている。そこには世界的に広がる国粋主義の台頭もなければ文化集団間の深まり続ける軋轢もない。アメリカはどこの国にも国交を閉ざしていないし、多くの先進国を席巻する反リベラルの世相も描かれていない。どれだけ〈この現実〉に似ていようと、それはやはり〈この現実〉ではない。そこには明確な線が引かれている。そしてそれはまた、決して〈この現実〉そのものではありえない小説の担う、一つの役割でもあるのだ。

阿部和重は物語の最後で、年老いたラリー・タイテルバウムを訪ねるためロサンゼルスに向から。そのとき日本はアメリカに併合されており、阿部和重はオアフに住んでいる。解体され再構築された世界の中で、阿部和重はハリウッドを通りかかる。阿部和重はそこでHOLLYWOODの看板のLが一つ抜けてHOLYWOODになってしまっていることに気づく。種無しの雄しべと雌しべから生まれた『オーガ（ニ）ズム』という繁茂する虚構世界にあって、ハリウッドはハリウッドではなくホーリー・ウッド（＝聖なる森）であり、小説の中の阿部和重／〈この現実〉のものではない阿部和重はそこに至って、自分が自分で改変し（それを忘れた）世界に迷い込んでいることに気づきかけ、そしてふたたび忘れてしまう。物語の後で、あたかも全ての危機が救われているように。つまり、虚構世界の登場人物たちは、書かれたことだけを知っており、現実世界の読者だけが、書かれなかったことを含め、全てを知っているのだ。

現実――〈この現実〉の阿部和重はかつて、インタビューで文学について訊かれ、文学とは「紋切り型のイメージをずらす」ものであると語ったことがある。文学は言葉のイメージをずらし、現実のイメージをずらし、別様の可能性に光を当てるものなのだ、と。

現実からわずかにずれること。そしてそこに新たな現実が立ち上がること。しかしそれは、〈この現実〉とはやはり――決して――同じものではありえないこと。つまり、〈この現実〉から別様の現実の可能性を汲み取り、物語として別様の現実を描き出し、描かれた別様の現実から、

〈この現実〉の別様の可能性を再度投射すること。それが文学の担いうる一つの意義であると阿部和重は考え、そして本作を書いたのだ。

現実と似た、時には現実よりも現実らしい、虚構と呼ばれるオーガニズム。リアリズムの森。無数に伸びる可能世界の枝葉。そこでは書かれたものが明晰で、書かれた可能世界が強固なものであればあるほど、書かれなかったものの別様の可能性へのまなざしもまた、強く、多様なものとなる。文学は、それに触れる者に、可能世界に思いを馳せさせ、思弁を促し、この世界そのものへのまなざしを変えさせる。そしてそこに、虚構である文学の、どこまでも虚構でしかない文学だけが持ちうる倫理があることを、本作はわれわれ読者に教えている。

こうしてわれわれは結論に至る。『オーガ(ニ)ズム』という一つのありえた世界は、本の中からわれわれに語りかけている。つまるところ、ラリー・タイテルバウムと阿部和重は本作の中で本作の中の世界を救ったが、次に、あなたの世界であなたの世界を救うのは、あなた自身なのだ、と。

むろん、この文章もまた、生態系を成す巨大な生物の、無数に伸びる枝葉のうちの、たった一つの虚構のあり方にすぎないのだが。

B5

オブジェクトたちの戯れ

——筒井康隆『虚航船団』

多くの物語には人間が登場する。一般的には人間が登場するのが物語だとも思われている。しかし全ての物語がそうであるとは限らない。人間が登場する物語が存在するのと同様に、人間が出てこない物語もまた存在する。

たとえばSF小説で言えば、最も代表的かつ過激な「非-人間主義」的な作品として筒井康隆『虚航船団』が挙げられるだろう。一九八四年に書かれたその実験的なSF小説に、人間は一人たりとも登場しない。人間の代わりに登場するのは、文房具たち（と、文房具たちの宿敵とされるイタチたち）である。

「まずコンパスが登場する。彼は気がくるっていた」と始まるその小説では、多くの文房具たちによる、宇宙と虚構を舞台にした壮大な——旧約聖書を始めとする多くの神話を下敷きにした——世界の破滅と再生の物語が繰り広げられる。

『虚航船団』の登場人物／登場文具は非常に多く、機械的に列挙すると次のようになる。

赤鉛筆、メモ用紙、スクラップ・ブック、毛筆、輪ゴム、墨汁、コンパス、セロテープ、大コンパス、ディバイダー、大学ノート、ナンバリング、糊、日付スタンプ、ホチキス、消しゴム、画鋲、二五種一組の雲形定規、インク、分度器、三角定規（兄）、三角定規（弟）、インク消し、赤インク、虫ピン、ダブル・クリップ、ペーパーナイフ、パンチ、チョーク、肥後守、鋏、ノギス、ルーペ、曲線定規、カッターナイフ、封筒、便箋、金銭出納簿、ピンセット、Gペン、比例コンパス、鉛筆、吸取紙（反応炉要員）、吸取紙（端末機器要員）、筆立、ケント紙、カブラペン、羽箒、青鉛筆、ブックエンド、ちり紙、スタンプパッド、ペンタグラフ、羽ペン、硯、ペン皿。

そしてこれらの文房具たちは一つ残らず気が狂っている。赤鉛筆は偏執狂であり、メモ用紙はサディストであり、墨汁は死体愛好家である。糊は異常性欲者で、日付スタンプは正確な日付を知らず、消しゴムは自分のことを天皇だと思いこんでいる。等々。以下文房具の数だけ続く。


文房具、人間が見る世界とは異なる世界を持つ物たち。外部にある物。それらは、無数の引用から成る多重化された虚構の宇宙の中で、多種多様な複数の神々と重ね合わされる。人類があずかり知らぬ宇宙のどこかで、文房具たちは文房具たちの世界を持ち、文房具たちは文房具たちの未来を担い、あるときは神となることで、旧い世界を破滅させ、新たな世界を創生している。

人間による観測有無とは関係なしに、独立して実在する文房具たち。各々の場を有し、各々の宇宙を有し、各々の世界像を有する文房具たち。机の上にごろごろと転がっている、彼ら文房具たちの実在する〈生〉のための物語――『虚航船団』とはそういう物語である。そこには生の多様な姿が提示され、世界の多様な姿が提示される。世界認識における人間中心性が相対化され、多元化される。宇宙は人間だけのものではないのではないか？　文房具にもまた、文房具の宇宙とも呼べる場が広がっているのではないか？　『虚航船団』はそうした思索を促進する、紛れもない「スペキュラティブ・フィクション」としてのSF小説なのである。

そして、『虚航船団』などのスペキュラティブ・フィクションが上記の通り提示してきたような、「物の実在性」について考察する哲学もまた、近年になって登場してきている。それは、「スペキュラティブ・リアリズム／思弁的実在論」と呼ばれる思想である。


スペキュラティブ・リアリズム／思弁的実在論。それは「人間中心主義」の後の時代に現れた、脱‐人間中心主義の思想、あるいは反‐人間中心主義の思想。これまで顧みられることのなかった、無数の実在する物たち――〈オブジェクト〉たちのための思想。

カント以降の哲学において、基本的に世界は、人間の触れることのできない「物自体」と人間の触れることのできる「現象」によって構成されているとの図式が採用されてきた。私たち人間は身体を持ち、身体機能によってフィルタリングされた「認識」に基づいて「物自体」に触れようとするが、畢竟「物自体」に触れられることはなく、「物自体」の手前で発生する――人と物との間で相関的に立ち上がる――「現象」に触れ、私たちは世界に触れるのだと、カント以降の哲学の枠組みは説明してきた。現象学も、実存主義も、構造主義も、基本的な骨格はカントの図式に則っているのだと、スペキュラティブ・リアリズム／思弁的実在論は指摘する。

そして、スペキュラティブ・リアリズム／思弁的実在論はそうした認識‐現象のモデルを「相関主義」と呼んで批判する。スペキュラティブ・リアリズム／思弁的実在論は、現象は認識との相関によって存在するのではなく、現象それ自体もまた、その他の実在と同様に、接続されつつも分け隔たれた、独立した存在としての実在的性質を有するのだと主張する。

スペキュラティブ・リアリズム／思弁的実在論という名称は、二〇〇七年四月にロンドン大学ゴールドスミス・カレッジで行われた学術会議から取られており、主な論客として知られるレイ・ブラシエ、イアン・ハミルトン・グラント、カンタン・メイヤスー、グレアム・ハーマンの四名はその会議における発表者であった。そのためスペキュラティブ・リアリズム／思弁的実在論と呼ばれる思想は――反カント・反相関主義・反人間中心主義といった共通点は見られるものの――、体系だったものではなく、あくまで四人の発表者の傾向を指すものである。そこではブラシエの超越論的ニヒリズムやグラントの超越論的唯物論、メイヤスーの思弁的唯物論やハーマンのオブジェクト思考存在論など、それぞれ微妙に異なる主張がなされているのだが、ここでは一つの例として――四人のうち、スペキュラティブ・リアリズム運動を担うことを自覚的かつ明示的に引き受けた唯一の思想家でもある――グレアム・ハーマンのオブジェクト思考存在論の概要を確認しよう。

グレアム・ハーマンによって主張されたスペキュラティブ・リアリズム／思弁的実在論――オブジェクト思考存在論。そこではまず、あらゆるものは〈オブジェクト〉であると定義される。郵便箱、電磁波、時空、イギリス連邦、命題的態度まで、物理的なものであれフィクション上のものであれ、すべて等しく〈オブジェクト〉と呼ばれ扱われる。ハーマンは言っている。「哲学は、反オブジェクト指向の企てとしてはじまった。だがそもそも人間が日常的に経験する世界は、まとまりをなしたさまざまなものへと断片化しているように思われる。花や星々、野生動物といった自然におけるオブジェクトもあれば、海賊船から銅山へとおよぶ人工的なオブジェクトもある。どちらのタイプのオブジェクトであれ、そのサイズは広範囲におよび、微小なものから巨大なものまでさまざまである。このようにわたしたちは、日常生活においてたえずさまざまなオブジェクトを経験している」

ハーマンの基本的な着想は上記の通りである。ハーマンは、人間も文房具も、あるいは椅子や机、机の上のバナナやマッチ箱、煙草、その他あらゆる事物は、相互に無関係なまま単に存在する〈オブジェクト〉であると主張する。ハーマンによれば、〈オブジェクト〉とは、ひとまずはなんであれ統一性をもつ存在者であり、世界のうちに物理的に存在するものも、単に精神のうちに感覚的に存在するものも、実在的性質を持ったものとして定義することができる。そして〈オブジェクト〉は、素朴に実在するとは別の仕方で、実在的性質を持って人々に働きかける。重要なのはその点であり、重要なのは〈オブジェクト〉たちそれ自体が、人の認識からは退隠しつつも人の心に働きかけ、その結果として、ある特定の独立した心的現実を生み出し、現実を複数化させることなのだ。ハーマンは次のように言っている。

「フッサール現象学における「形相」の考察をとおして、感覚的オブジェクトはつねに実在的性質をもつという奇妙な事実があきらかになった。わたしたちがなにか適当な怪物を考えだしたとしても、それだけではただちに実在的オブジェクトを生み出したことにはならない。ところが実在的性質であれば、そうするだけでただちに生み出したことになるのだ。なぜならユニコーンやドラゴンは、わたしの精神のうちに存在し、わたしの気分に働きかけているという理由だけで、ただちに実在的であることにはならないのだが、それでもそれらは実在的性質をただちに有するからである。わたしたちは、ユニコーンやドラゴンといった、精神のうちの虚構的存在にかんして、なにがそれらの決定的な特徴であり、「形相」をなしているのかを、けっして正確に述べることはできない。そうした特徴は直接的なアクセスから退隠してしまい、どんなに分析や解釈をくわえたとしても、それを超え出てしまう。まさにこの事実こそが、こうした特徴を――それが非実在的事物（たんなる感覚的オブジェクト）に属すのだとしても――実在的にするのである」

〈オブジェクト〉たちは分析や解釈を「超え出」る。感覚的オブジェクトは、人間の認識の内にありながら、独立した実在的性質をもって、アクセス不可能性へと退隠するのだ。そこでは人間中心主義やカント的相関主義とは異なる、新たな人と物との関係の形が示唆されている。無数の〈オブジェクト〉たちの各々の世界。それは、互いに干渉しながらも個々の独立性を保ち続ける。無関係のままの関係性を築いていく。あるいはこうも言い換えることができる。〈オブジェクト〉たちは、部屋に引きこもりながら他者と出会うのだ、と。

〈オブジェクト〉たちは引きこもる。〈オブジェクト〉たちは彼らの自室のベッドで眠る。〈オブジェクト〉たちは夢を見る。彼らはそのとき、互いにどんな夢を見ているかは知らない。そこには〈この現実〉から〈あの現実〉への裂け目がある。〈オブジェクト〉たちは、互いに、そこに裂け目があることだけを知っている。〈オブジェクト〉たちは自分の世界の裂け目を通して、他者の世界の裂け目を思うのだ。それはまるで、『虚航船団』において、各々が各々の狂いを生きながら、同じ宇宙船に乗って旅を続けた文房具たちのように。

最後にもう一度、『虚航船団』の世界に戻ろう。『虚航船団』の最終章「神話」では、長い航海を終え、宿敵であるイタチたちとの戦争を終え、文房具たちは絶滅し、そして最後には、生き残ったわずかなイタチと、新たに生まれた文房具とイタチの混血児——文房具でありながら文房具でなく、イタチでありながらイタチでないもの、文房具でありイタチであり、またそうではないもの、中間的であり、論争的であり、またそうであるとも限らないもの——が残された光景が描かれる。

長い『虚航船団』の物語は、世界の破滅のあとの世界にあって、あてのない未来に向かってどのように歩んでいけばよいかを不安に思う、イタチの母親と混血児の会話によって終えられる。

その会話とは、次のようなものだった。

「「ねえ。おまえはいったいこれから何をするつもりなんだい」息子はやっと顔を上げる。母親を見つめるその眼は点いていないランプ玉のようでまるで何も見ていないかのようだ。「ぼくかい。ぼくなら何もしないよ」彼はしばらくしてから鈍重に聞こえる低い声をのどの深い底から押し出すようにして答える「ぼくはこれから夢を見るんだよ」

B6

苦しみが喜びに転化する場所としての〈マネジメント〉

——新庄耕『地面師たち』

地面師たちは富を求める。地面師たちは巨額の富を騙し取るため、困難な詐欺の計画を立てる。

しかし、彼らの目的はそれだけではない。それでは彼らは何を求めているのか。答えは既に、本書の中に書かれている。本書の主要登場人物の一人、ハリソン山中は作中で次のように語っている。

「つまらないじゃないですか。誰でもできるようなことチマチマやってたら。小さなヤマよりは大きなヤマ、たやすいヤマよりは困難なヤマ。誰もが匙を投げるような、見上げればかすむほどの難攻不落のヤマを落としてこそ、どんな快楽もおよばないスリルと充足が得られるはずです」

こうしてハリソン山中から〈地面師〉たちは、複雑かつ困難な〈マネジメント〉を要するプロジェクトを構想しては完遂してゆくこととなる。本書の主人公であり、ハリソン山中に誘われ地面師稼業に手を染めることになった辻本拓海が語る通り、「ハリソン山中は、成功率を高め、突発的なトラブルに対応できるよう、毎回緻密に計画を立て、入念な準備をおこなう」のだ。それはあたかも、「普通」の「仕事のできる」とされる「ビジネス・エリート」たちがそうするように。

現代では、あらゆる場所に〈マネジメント〉の思想が蔓延《はびこ》っている。競争原理に基づき高度に発展した自由主義経済社会において、営利を目的とするあらゆる集団・個人の行動は、高度に戦略的に・合理的に・効果的に組織される。彼らは目的を設定し、現状を把握し、目的と現状の間に横たわる差分を特定し、リスクと課題を洗い出し、対応方針を検討し、検討結果に基づいて、妥当な人・物・金・情報を調達する。彼らは困難に直面しながらも、当初設定した目的を達成する。それは「ビジネス・エリート」だろうが「地面師」だろうが変わらない。自由主義経済社会というゲームボードを同じくする以上、戦うための武器もまた同様なのだ。彼らは仕事で直接必要な知識——宅地建物取引業法、不動産登記法、借地借家法、都市計画法、国土利用計画法、区分所有法——はもちろん、「自治体の条例にも通じ」、「刑法や刑事訴訟法の条文ないし判例をやすやすと諳んじる。かと思えば、アリストテレスにはじまり、ヘーゲルやマルクスといった古典の一部を援用し、滔々と持論を述べたり」もする。彼らは必要に応じて、偽造書類や印鑑、なりすまし役などを調達し、なりすまし役には土地所有者の個人情報を暗記させ、当然ながら髪型や服装も変えさせる。彼らは「仕事」をこなすために、あらゆる細部にこだわり尽くし、騙し相手からの信頼を勝ち取るのだ。

彼らが「ただの仕事」のためにそこまでするのはなぜか。ここで様々分析を試みることはできるが、端的に言って、そうするのがただ単に楽しいからだろう。

彼らは快楽を求めてマネジメントを完遂し、社会は彼らにさらなるマネジメントを働きかける。マネジメントの快楽とはサスペンス（＝宙吊り／延伸／不安）の快楽であり、快楽の質と量はサスペンスの質と量に一致する。目的と現状の差分が大きければ大きいほど快楽もまた大きくなる。マネジメント＝サスペンス。経済社会を下支えする快楽の等式が、あらゆる経済小説を可能にする。そこでは目的は実のところ手段でしかなく、目的達成のために発生する困難こそが目的にすり替わる。要するに、マネジメントとは、苦しみこそが喜びに転化する場所なのだ。『地面師たち』はこうした〈マネジメント＝サスペンス＝小説〉の系譜に連なる、最先端の経済小説として位置づけられると言える。

マネジメント＝サスペンス＝小説。三つの記号を等号で結ぶ本稿の整理を裏づけるように、本書の著者である新庄耕は、『現代ビジネス』でのインタビューで本作について訊ねられ、次のように答えている。

「地面師たちの手口や手法について調べていくうち、でもこれって小説も似たようなところがあるようになって何度も思うようになりました。

小説も、結局は虚構です。作者が頭の中で作り上げた嘘にほかならない。でもそこに登場する人物の特徴、言動、感情をえがいていくうち、まるで本当に存在しているかのように思え、ときに深く感情移入してしまう。虚構の出来事に、実際に自分が体験したと錯覚するほど感情を激しく揺さぶられてしまいます。

物語の力で虚構を本物に仕立て、相手を騙し通す――そういう意味では、地面師も小説家も同じことをやろうとしているのではないか。地面師たちの執念や狂気に対して、私自身の創作への態度に共鳴するものを感じてしまったんです」

新庄耕はデビュー作の『狭小邸宅』から一貫して、〈小説をめぐる情熱〉と〈労働をめぐる情熱〉を一致させるようにして描き、その背景に、ある種の社会的な病理がひそんでいることを指し示し続けている。

私事ではあるが、『狭小邸宅』が出版されたとき、私はまだ社会人二年目で、使えない新入社員から使える二年目に変わりつつある頃だった。だから私にとって、その小説で描かれていたことは、まったくひとごとではなかった。仕事は認知に影響を与えるし、過剰な重圧で人は壊れる。日常という戦場を息もたえだえに生き抜いた先で、魔法少女たちは魔女になる。

私は、大学を卒業したばかりの新入社員のとき、言われたことだけをこなすようにして仕事をしていたら、「お前さあ、本気で仕事してんのか？　腹くくって人生かけて仕事する気ねえなら、さっさと消えてくれよ」と先輩社員に言われ、ひどく落ち込んだことがある。それから私は怒りにまかせて「腹くくって」「人生かけて仕事」をしてみることにしたのだった。

詳細は長くなるので割愛するが、その後私はプロジェクト・マネジメントの理論を学び、チーム・ビルディングやコーチングのメソドロジーを学び、交渉術や意思決定理論を学んだ。そしてそれらのフレームワークを用いて死ぬ思いをしながら仕事をしてみた結果、そこには得難い快楽があることが――実体験として――わかったのだった。〈マネジメント〉の思想をもってして本気で仕事をしてみると、思い通りになるはずのないことが思い通りになり、自分の資料と発言にしたがって、たくさんの人が動いていった。プロジェクトの中心にはつねに自分がいた。いろんな人が自分を頼りにした。そうした経験には、快感と中毒性があった。そして、その一年後か二年後かには、私自身が私の後輩に対して、「腹くくって人生かけて仕事する気ねえなら、さっさと消えてくれよ」と思うような人間になっていた。私は先輩のことを悪魔のような人間だと思っていたが、ふと気づけば、おそらくは、私もまた、先輩のように悪魔のような人間になっていたのだ。深淵をのぞくとき、深淵もまたこちらをのぞきこんでいる。

月日はめぐり、今の私は作家になり家庭もできて、仕事に割く労力が減り、「仕事に人生をかけろ」などということは思わなくなった。それでも、自分がそういう仕事人間のままでいる世界線は、容易に想像することができる。私が変わったのはいろんな偶然が重なった結果であり、社会は変わらず、「仕事に人生をかける」ことが快楽につながり依存につながるようにできているからだ。

地面師たちはマネジメントの亡霊に取り憑かれていたが、それは彼らに限った話ではない。働くことに情熱を持たされ、働くことへ駆り立てられる私たちの誰もが、マネジメントの思想をもってして、苦しみを喜びに転化するよう強いられ続けている。そして、新庄耕という作家は今もまだ、小説への情熱を通して、マネジメントの亡霊がさまよう市場経済の構造――〈人を労働に駆り立てる情熱の正体〉――を、暴くことを試み続けている。

B7

批評家は何の役に立つのか？

「批評家は何の役に立つのか？」

先日、哲学研究者の福尾匠さんとトークイベントをしたあと、福尾さんと残っていたお客さんたちと雑談していた際にこういう話になった。

たとえば、小さな社会について考えてみる。友人たちが集まり、一つの社会を構成するとき、そこで自分が何ができるのかを考える。車を運転できる者がいる。魚をとれる者がいる。料理をつくることのできる者がいる。船を操縦できる者や、家を建てることのできる者がいる。そのとき、自分には何ができるのか？

運転者は車を運転し、釣り人は魚を釣り、料理人は料理をつくる。僕たちは遠い場所へと移動することができ、海や川へ行って魚料理を食べることができる。そのとき批評家には何ができるのか？

批評家は批評をする。批評家は車を運転することができない。批評家は魚を釣ることができない。批評家は料理をすることができない。批評家は船を操縦することはできない。批評家は家を建てることができない。批評家は批評をすることしかできない。

批評。それは社会にとって、どのような役割を果たしているのか。誰にとって、どのような仕方で役に立っているのか。

「批評なんて何の役にも立たない」。むろん、そう即答することも可能だろう。そして現代社会においてはその回答は妥当であると考えられている。現実の話として、批評を学ぶことのできる大学の予算は削られ、会社では「批評家になるな」と言われ、ネット上で批評家は「何もできないくせに」とバカにされる。多くの人は、自分が人生で一度も批評を読んだことがないにもかかわらず、なんとなく批評を役に立たないものと考えている。

しかし僕は批評を「役に立つもの」として位置づけたい。位置づけたい、というか、実際にそう思っている。

批評とは、評価の固定された既存の情報を論理的に再構成し、新たな解釈の可能性を提示することであり、一言で言えば、論理によって可能世界を見せることである。AはAだけど、Aだけであるとも言えない。そこにはBの可能性もありCの可能性もあって、Bとする場合かつてＡａだったものはＢｂであり、Ｃとする場合ＡａだったものはＣａである。あるいはＢｂやＢｃ、ＣｂやＣｃといった選択肢も考えられる。選択した解釈によって、進むべき道は無数に分岐する。そのように、オルタナティブな未来の道筋を提案することが、僕らの社会にとっての批評の役割である。

みんなで車で川へ釣りに行こうというとき、仲間の中に一度も海に行ったことのない者がいたとする。それまでに、川へは何度も行っていて、とれる魚もつくれる料理もある程度ルーティン化していたとする。川に比べればずっと遠いが、行けなくはない場所に海がある。けれどみんなは新しいことを考えるのはめんどうなので、惰性で川に行こうとする。そんなときに、躊躇なく、海に行こうと提案できるのが批評家である。

一日の終わりを振り返り、海も悪くなかったなと彼らは言う。それから仲間たちはそれまでの川に加えて海に行くという選択肢も持つようになる。

過去と現在と未来は、一本の道でつながっているように見える。でも本当は、そこにはいくつも穴が空いていて、その穴に入ると別の道につながっている。歩いているときには気づかないが、道は一つではない。過去は一つではなく、現在は一つではない。未来は一つではない。批評家は、道の傍らに小さく空いた穴を指し示し、僕たちに別の道を教えてくれる。硬直したこの社会にあって、それが役に立たないとは、誰にも言わせない。あるいは、それが役に立たないと言いたがる誰かにとっては、そう言うことがそいつの何かには役に立つのかもしれないが、それはそいつであって僕じゃない。

批評を忘れるということは、可能性を忘れるということで、批評を忘れるということは、硬直したこの愚かな社会を支持し再生産することだ。批評をし、批評家になることで、僕らは別の社会のありかたを思い描くことができる。批評をし、批評家になることで、僕らは社会を柔らかく、豊かなものにすることができるだろう。

なお、批評家はＳＦ作家と言い換えてもいい。批評もＳＦも、ここではどちらの役割も似たようなものだ。少なくとも、僕はそう考えている。

B8

ホワイト・ピルと、愛の消滅
――ミシェル・ウエルベック『セロトニン』

ミシェル・ウエルベック『セロトニン』は、〈黄色いベスト運動〉を予言した物語として話題になった。左右を問わず絶賛をもって迎えられ、初版の在庫がたちまち尽きた。〈黄色いベスト運動〉は、今なお国境を超えて拡大を続けている。

ウエルベックは予言的な作家として知られる。多くの人は虚構と事実の類似の関係をして予言と呼ぶが、しかしながら本当はそれは、予言と言うよりも現在において既に決定づけられた未来なのだと言うのが妥当だろう。現在からまっすぐ伸びる単一の未来。ゼア・イズ・ノー・オルタナティブ。他に道はない。未来――つまるところ、今ではそれは、グローバル資本主義の席巻による、マーケットの均質化とビジネスプロセスの効率化がもたらした当然の帰結の名にすぎない。

私たちはウエルベックの小説を通して書かれた未来を確認し、かつての未来を再現する。私たちは私たちの死を予見しながら、破滅に向かってまっすぐ進む。ときに耐え難い苦痛を、白い錠剤〈ホワイト・ピル〉を飲み込むことで乗り越えながら。

ホワイト・ピル。本書は、幸福物質とも呼ばれる神経伝達物質「セロトニン」を増幅させる錠剤の説明から始まる。曰くそれは、「白く、楕円形で、指先で割ることのできる小粒の錠剤」である。加速主義者たちが好んで使うインターネット・ミームに、〈ブルー・ピル〉＝「夢を見続けるための錠剤」、〈レッド・ピル〉＝「現実に目覚めるための錠剤」という、映画『マトリックス』に登場するガジェットがあるが、ウエルベックがここで〈ホワイト・ピル〉を描くのは、そうしたミームを踏まえてのことだろう。

〈ブルー・ピル〉、たとえば『素粒子』や『ある島の可能性』のようにポスト・ヒューマンの夢を見ることで現実を超克しようとするのではなく、〈レッド・ピル〉、つまり『闘争領域の拡大』や『プラットフォーム』のように現実に覚醒し、現実の中で闘争するだけでもなく、〈ホワイト・ピル〉という新たな選択肢をもって絶望に抗おうとすること。それが本書『セロトニン』の最大の主題なのだ。

むろん、その試みは失敗に終わる。作中で「キャプトリクス」と名付けられた〈ホワイト・ピル〉は、服用者の精神と生活を安定させる。しかしそれは、〈性欲と愛の消滅〉という新たな絶望も服用者にもたらす。つまるところ本作は、社会と折り合いをつけようとした結果、それと引き換えに、根本的で徹底的で原理的な〈愛の不可能性という絶望〉が現出する物語なのだ。そこでは希望は絶望であり、絶望だけが希望になる。

最後に残されるものは、幸福だった頃のかすかな記憶だけ、写真におさめられ、ノートに書き留められた思い出だけ。消滅した、かつては確かに存在したはずの、わずかな愛の痕跡だけだ。

私たちは、円滑に生きることはできるが、決して幸福に生きることはない。ウエルベックは、現在から伸びる、既に決定づけられた事実として、そうした未来を指し示している。

B9

あいまいな全知の神々、未来の思い出とのたわむれ
――神林長平『先をゆくもの達』

僕らは本を読むことができない。

全ての読者は書かれた文を、書かれたままに読むことはできない。

記憶はつねにあいまいで、全ての文を覚えておくことなどできはしない。文から文へと飛び移り、ページを繰る手を休めずとも、僕らは文を、読んだそばから忘れてしまう。忘れてしまった僕らはまた、忘れてしまった時点に戻り、ふたたびそこから読み返す。やがて僕らは最初に戻り、すでに知ったはずの未来を手繰り寄せながら、最初に向かってページを繰る。

目の前に一冊の本がある。タイトルは『先をゆくもの達』という。それは、神林長平の最新作にして最新の傑作であり、神林が四〇年のキャリアを通じて深めてきた、記憶と時間についての思考を総括する物語である。

SFはその歴史の中で、未来を含めた全ての時間を見渡すことのできる、超越的な存在を多く描いてきた。たとえばアイザック・アシモフ『永遠の終り』、あるいはカート・ヴォネガッ

ト『スローターハウス5』、それともテッド・チャン『あなたの人生の物語』。それらの作品においては、未来はすでに確定されたものであり、未来が確定的であることを前提とした物語が展開されていた。時間を管理すること、時間旅行をすること、いつか必ずやってくる、運命の悲劇をあるがままに受け入れること――そして本作『先をゆくもの達』もまた、それらの時間SFの系譜に連なるものであり、さらにはそれらの総決算であるだけでなく、刷新を試みるものであるとも言える。

本作にて、歴史の更新はどのようにしてなされるか?

それはきわめて神林長平らしく、「記憶」の性質を徹底することによって。

本作に描かれる「先をゆくもの達」は、「記憶」を以て未来を「思い出す」。そこでは記憶は、曖昧で不完全で不定形なものとして語られる。彼らは次のように言っている。「未来の記憶は、あくまでも記憶だ。過去の記憶が真実であるとはかぎらないように、それは変成する」

先をゆくもの達は未来を知りつつ、同時に未来を忘れてもいる。彼らは知っていたはずの未来の印象を生きている。ゆえに彼らはたった一つでありながら、同時に無数の未来を生きている。そう、それはあたかも、何度も繰り返し読まれ、未来に位置する結末までもを知られた本書のありかたが――すでに本は書き終えられているにもかかわらず――、読まれるつど、何度も生成変化を遂げるように。

かすかな未来の記憶。『先をゆくもの達』と名づけられた、あいまいな全知の神々の物語。そこでは時系は入り乱れ、自他の境界は融解し、全ての読者も、そして作者も、かつて未来の先にいた、全ての登場人物や全ての神々と同様に、未来を知りながらそれを忘れてゆく。本の中で、あらかじめ文字列は確定されており、時間の中で未来は確定されている。僕らは本を改訂することなく、時間に干渉することはない。僕らはただただ目に映る言葉と時間の流れを見届けるだけ。ページを繰り、ああ、そういえばそんなこともあったねと、忘れていた未来のできごとを思い出し、未来の思い出をなつかしむだけだ。

B 10

エメーリャエンコ・モロゾフ
――稀代の無国籍多言語作家

忘れられない作家がいる。おそらく広くは知られていない。

作家の名前はエメーリャエンコ・モロゾフ。生年・生地ともに不明。稀代の無国籍多言語作家として伝えられている。その名からはロシアの出身と推察されるが、本名かどうかはわからない。世界各地を転々とし、多くの文学者や運動家たちと交流を持ち、著名なところでマルセル・プルーストと交友があったと聞く。そうだとすれば活躍したのは一九世紀の後半か、もしくは二〇世紀の初頭だろうが、真偽のほどはわからない。

モロゾフは七〇ヶ国以上の言語を操り、代表作である『加速する肉襦袢』は、彼の多言語運用能力の全てを費やし執筆された二〇万ページを超える大作で、あまりに膨大な言葉の種類と量により、翻訳は何度も試みられては頓挫しているのだという。

私は彼の存在を二〇一一年に知った。熱心な海外文学読者が集まるコミュニティがあり、そこで知り合った吉澤直晃さんという方から、一部翻訳原稿の私家版コピーを見せてもらったのである。吉澤さんはモロゾフに詳しかった。モロゾフに関する文献整理を進めていた。訳者の櫟諒一氏と鼎雄一氏とは大学以来の友人であり、翻訳作業を手伝うこともあるのだと言った。「エメーリャエンコ・モロゾフの翻訳が完了すれば」と吉澤さんは『加速する肉襦袢』のコピーを探しながら言った。「ジェイムズ・ジョイスの『ユリシーズ』や『フィネガンズ・ウェイク』の全訳以上の価値があるかもしれませんよ」

『加速する肉襦袢』の全貌は今も明らかにされていないが、吉澤さんによれば「仕事を失った若者たち数人が、ネイティブ・アメリカンから持ち帰った宇宙観を武器に、老人介護施設で輪投げ対決をする話」と要約されるのだと言う。

モロゾフについて、その後も吉澤さんは興奮気味に語った。私もまた、興奮気味にその話を聞いた。吉澤さんと別れてからも、私は想像の中で何度もその小説を読み、そのたびごとにモロゾフのことを思った。顔のないモロゾフの顔が頭の中で像を結んだ。忘れられない作家がいて、それを文学的ヒーローと言うのなら、私にとってのヒーローとは、モロゾフをおいてほかにいない。

エメーリャエンコ・モロゾフの原稿は、今なお翻訳作業の途上にあり、多くの人に読まれることを待っている。私はそれを待っている。作業に進捗があれば吉澤さんから連絡が来る手はずになっているが、本当のところはわからない。そもそも吉澤さんって誰なのか。私にはわからない。それでも私は待ち続けるほかになく、私はそうして待ち続ける。誰も知らないその作家を、その作品を。来たるべきその日が訪れるまで。

B 11

忘却の記憶
——言葉の壺に纏わる、九つの断章

記憶は飛行場で始まる。そのとき私は六歳だった。私は岐阜県の各務原市に生まれた。そこは自衛隊の街として知られていた。空は大きく、戦闘機たちがひっきりなしに飛んでいた。「どうして空は大きいの？」と父に訊くと、父は「ここが飛行場だからさ」と言った。各務原に限らず、飛行場の空はどこも大きく見える。そこでは長い滑走路が何本も敷かれ、地平線が引かれ、空が描出されている。飛行機が空を飛ぶための工学的な要請が、原始の景色を創り出している。

＊

ケヴィン・ケリーは『テクニウム』において、すべてのテクノロジーに共通する性質を抽出し定義した。彼はテクノロジーの発展史をひもとくことで、テクノロジーと人間の主従関係を

転倒させた。すなわち、言葉をはじめとするテクノロジーは、人によって受動的に発展させられているのではなく、人を媒介にして自律的に発展しているのだと。

言葉は文字を求め、文字はペンを求めた。ペンはタイプライターを求め、やがてコンピュータを求めた。求めたのは人ではない。テクノロジーが求めたものを、人は具現化しただけだ。

神林長平は『アンブロークンアロー 戦闘妖精・雪風』において、「(異星人にとって)人間とは、われわれが使っている〈言葉〉そのものとして感じられるのではないか」と書いている。

＊

私が最初に読んだ神林作品は『言壺』だった。私は当時、読書家の友人と交換日記をつけており、日記の中で彼が教えてくれたのだった。私は翌日図書館で本を借りた。日記に感想を書こうとしたが、それはできなかった。交換日記には二つのルールがあった。自分のことは書かず、相手になりすまして書くこと。本当にあったことは書かず、すべて想像で書くこと。それは私が決めたルールだった。私はそれを忘れていたが、日記の最初のページに、私の名前でそう書いてあったことだけは覚えている。それは一九九〇年代のことで、今から二〇年も前のことだ。

この文章を書くにあたり、当時の日記を引っ張り出し、友人のことを思い出そうとした。しかし日記は見つからず、友人の顔すら思い出せなかった。当時の私が何を考えていたのかも、今ではもうわからない。

＊

それから二〇年が過ぎて、私はＳＦ作家になった。二〇一七年の秋のことだった。春、完成した小説をどこに出そうか考えていた。公募新人賞の選考委員を見比べていた。選考委員の一人に神林長平がいる賞があった。

そこに小説を出して三ヶ月ほど経つと、電話が鳴った。季節は夏に変わっていた。

＊

二〇〇〇年代までは、現実空間とサイバー空間には隔たりがあった。インターネットは人に隠れて触れるものだった。匿名で取得したアカウントは現実空間の友人知人に伝えるようなものではなく、ユーザーたちはサイバー空間で現実の自分を捨て、非日常な時間を遊んだ。

二〇一〇年代に入ると流れが変わった。3・11を経験した日本人にとって、緊急時の通信手段としてSNSは評価され、以降爆発的に普及した。それまではSNSや掲示板やチャットルームなど、インターネット上のコミュニティに触れたことのない人々が続々とインターネットに参入していった。彼らの多くは本名でアカウントを取得した。プロフィールには所属する組織の名称や肩書きを記入した。やがて彼らは、インターネットを日常と地続きの社交場と市場に変えていった。

＊

近年注目されている新たな思想潮流に、〈思弁的実在論〉、あるいは〈新実在論〉と呼ばれるものがある。かいつまんで言えばそれらの思想は、「想像されるものは実在し、実在するものの数だけ世界はある」というものだ。

現実空間とサイバー空間の隔たりがなくなった現代において、現実はサイバー空間を侵食し、サイバー空間は現実を侵食する。あらゆる場所で放たれた言葉は、あらゆる場所へと拡散され、増殖し、人々の認識を書き換え、行動を促し、現実そのものを書き換える。つまるところ、現代という時代にあっては、言葉は実在するのだ。

現実は、恐ろしいほど正確に『言壺』の主題を反復して見せている。『言壺』は、「現実を変容させる言葉についての小説」だが、「本当の現実そのものを変容させている小説」でもある。変容される現実は、そう——円城塔が指摘する通り——、「言葉を生み出す作者を含み、言葉を読み出す読者を含み、あたりに満ちるテクノロジー群の総体を指す。特権的だと思われがちな作者の言葉というものさえも、肉体を超えて拡張される」のだ。

一つの例がある。ここにある私という現象だ。私は『言壺』を読み、『言壺』を読んだ私が『言壺』を読んだことについての言葉を書いている。ここで呼ばれる私とは、言葉の壺から這い出した〈私〉と呼ばれる言葉であり、今ここで書き換わり続ける、忘却の記憶を代弁し続ける言葉である。そして同時に、実在する、一人の人間を指してもいる。

＊

昨日、私は飛行場にいた。懐かしい場所だ。私には六歳の娘がいた。彼女は岐阜県の各務原市に生まれた。そこは自衛隊の街として知られていた。空は大きく、戦闘機たちがひっきりなしに飛んでいた。

「どうして空は大きいの？」と娘は言った。私は「ここが飛行場だからさ」と言った。

本当は私はそうは言わなかった。父は私にそう言わなかった。私は各務原に生まれなかった。娘は各務原に行ったことはない。もちろん私にはその記憶がある。しかしそれは事実ではない。それは言葉であって、それ以上でもそれ以下でもない。しかしながら、言葉の壺から生まれ出で、言葉が織り成す時空間で出会う私たちは、言葉と言葉でないものを、決して区別することなどできはしない。

＊

私は紙の中から空を見上げた。遠くの方で戦闘機が消えるのを見た。雲の隙間に吸い込まれていった。目をこらして再び同じ場所を見ると、戦闘機は変わらずそこにあった。消えたのはそれまでの私だった。私は言葉であり、本の中に暮らしており、そのとき私が見たのは、行間を自由に飛び回る〈雪風〉の姿だったのだ。

私は神林長平を読んだ。そうして私は神林長平を読んだ私になった。その前のことはもう思い出せなかった。これからももう、思い出せることはないだろう。

やがてすべての升目は満たされ、その場において言は尽きる。

＊

「すべては変わりゆく」と神林長平は言った。「だが恐れるな、友よ。何も失われていない」

すべては書き換えられてゆく。書き換わることなく残るものは一つとしてない。ここにある、無数の言葉が余白を切り裂き、かつて言葉であった戦闘機たちは、紙面の外へと飛び去っていく。

しかしながら、姿かたちを変えながら、それでもなお、すべてはすべてのままにある。

何一つ欠けることなく。

決して消え去ることなく。

今ここに、あなたがこうしてあることを、読まれる私が示すように。

あとがき

本書は本来生まれるはずのなかった本である。

本書の多くは二〇一〇年代の終わりに書かれた。本書におさめられた原稿の一つひとつは、作家としてデビューしてから、文脈も媒体もばらばらな個別の依頼に、一つずつ応えていったものや、応えきることができなかったもの、あるいは最初から応える気のなかったもの、それとも自分で書きたくて勝手に書いたもので、つまるところ、まとめる気など毛頭なかったものである。

だから、私自身、自分がこのような本を出すとは思いもよらなかった。

出版業界の商習慣から言っても、二作目の長篇が書けていない作家の評論／エッセイ集が出版されるというのは異例の事態だと思う。私自身はそうした前例を寡聞にして知らない。評価の定まっていない新人作家のばらばらな思考の痕跡、ばらばらな散文の断片を、一冊の本にまとめようと声をかけてくださった晶文社の安藤聡さんには感謝の言葉もない。

私はいつ、私にとっての文学を始めたのか、本書を作りながらずっと考えていた。

＊

私は今でこそ日常的に文章を読み書きしているが、そういう習慣がついたのはかなり遅い方で、記憶が正しければ高校三年の秋頃だ。そこには特にドラマらしいドラマもない。

私は中学から高校にかけて音楽をやっていた。簡単で一番それらしいことができるという理由で、多くの中高生がそうするように、NIRVANAのコピーバンドをやっていた。ときにはそこから派生して、パンクやメタルやグランジの真似事のような曲を作って演奏したりすることもあった。NIRVANAは今でもとても好きなバンドだが、最初はたぶん、音楽そのものよりも、NIRVANAに纏わる数々のスキャンダラスな情報に惹かれて聴き始めたように思う。ロック史を塗り替えたスリーピース、「涅槃」という意味のバンド名、自殺したボーカリスト、カート・コバーン。十代の頃、私はカート・コバーンのようになりたいと思っていた。カート・コバーンは二七歳で死んだ。私は自分が二七歳になったとき、自分がカートと違って何も残していないことに愕然とし、小説を書き始めた。

高校一年か二年のときに、今はなき「PARCO岐阜店」の「ヴィレッジ・ヴァンガード」でカート・コバーンの伝記本を買った。それによればカート・コバーンは相当な読書家であり、家の近くの図書館でよく、本を読んだり、居眠りしたり、曲を書いたりしていたのだという。また、カート・コバーンは曲について訊かれたインタビューでもよく小説の話をしていたのだという。私はその事実にたいへんな衝撃を受けた。良い曲を作るためには本を読む必要があるんだ、と思った。それで、私もカートの真似をして図書館通いを始めることにした。ただ、私は高校生でもあったので、そこに学校の勉強も加えることになった。バンドの練習やバイトや遊びの予定のない日は図書館へ行って、歌詞を書いたり、そこにコードを乗せたり、勉強をしたり、居眠りをしたり、聞いたことのある作家の本を読んでみたり、聞いたことのない作家の本を読んでみたりした。たしかそんな感じだったと思う。その頃、私の文学はまだ文学ではなく、あくまで音楽を構成する要素の一つにすぎなかった。

高校三年の秋、文化祭が終わってバンドをやめた。私は曲を作ることをやめて、勉強だけをすることにした。毎日図書館に行き、参考書と問題集に向かった。ときどき、息抜きのために、聞いたことのある作家の本を読んでみたり、聞いたことのない作家の本を読んでみたりした。さらに正直に言えば、ときどき一文か二文、小説のような散文の試し書きをしてはあきらめて、ページを破って図書館のゴミ箱に捨てていた。大学受験が終わるまで、毎日それを繰り返した。図書館の棚を行ったり来たりしているうちに、舞城王太郎や阿部和重を知った。たぶん装丁がポップだったからだと思う。明らかに変なものを手にとっているという感じがあった。読むとそれは、私の知っている小説とは違う姿をしていた。その二人の作家からは、文学の自由というものを今に至るまで教えられ続けているように思う。

受験勉強が終わり、大学に入学したら、私はもう一度バンドを組んで音楽をやるつもりだった。でも、大学生になった私はそうはしなかった。私は曲を作る代わりに、勉強をする代わりに、ただ本を読み続けた。音楽をやめ、勉強をやめ、本を読む習慣だけが残ったのだ。当時の私はそれがなぜなのかわからなかったし、今もよくわからない。一人暮らしのために借りたアパートがよくなかったのかもしれない。駅までの通り道に、四階建ての大きなブックオフがあった。近くには芸術系の大学があり、そこの大学生が読み終わった本なのか、小説や評論やエッセイも含め、人文系の本の品揃えがかなりよかった。私は毎日そこのブックオフに足を運び、何十冊も本を買ってはむさぼり読んだ。幸いなことに本は安い。当時の私は貧乏で、財布の中身と相談し、ライブハウスに行くよりも、CDを買うよりも、本を買うことを選びがちだった。

大学受験をしなければ、バンドを解散しなければ、状況は変わっていたかもしれない。私は今でもバンドをやっていたかもしれないし、図書館に通って曲を作っていたかもしれない。でもこの現実はそうではない。二七歳を超えて生きるこの私のこの現実では、大学受験が終わり、蓋を開けるとそのとき私の音楽は既に終わっていて、その代わり、いつのまにか、私の文学が始まっていたのだ。

二〇〇七年に私は、早稲田の「あゆみブックス」で東浩紀の本を手に取り、円城塔を手に取り、伊藤計劃を手に取る。私は高田馬場の「ヴィレッジ・ヴァンガード」で高橋源一郎を手に取り、リチャード・ブローティガンを手に取り、フィリップ・K・ディックを手に取る。そのとき私は、もう曲を書きたいとは思っていない。そのとき私は、自分の文章を書きたいと思っている。私はそうして文章を書き、何かの文章を書き続けている。

＊

私は自分を作家だと思う。

しかし私は、自分は作家として、ずっと偽物なのだという感覚がある。私は最初から作家だったわけではない。私は最初から小説が好きだったわけではない。私はいつのまにか作家になっていた。私はいつのまにか小説を書いていた。しかしそれは何かの偶然の結果であり、その散文は、たまたま小説のかたちをしているにすぎない。今でもその気持ちは変わらない。何よりもまず、私にとっては小説だけがすべてだというわけでもない。私は文章を書くのが好きだが、その欲望は、作品を制作することとは必ずしも一致しない。

私はただ、何かを書きたいという気分をかかえて何かを書き、それは小説と呼ばれるものになることもあれば批評と呼ばれるものになることもある。エッセイと呼ばれるものになることもあれば、単に散文としか呼びようのないものになることもある。私にはこだわりもなければ創作者としての自覚もない。私は何かを書こうとしておらず、ただ書くことをしている。ただ書くこと。書きたいように自由に書くこと。考えることと書くことの距離をなくし、思いついては書き、書いては思いつくこと。延々とぼんやり考え続け、ぼんやり書き続けること。流れるままに、流れに言葉をゆだね、流れの中に言葉を置きつつ流れそのものを分岐させてゆくこと。

本書にはそのようにして、ただ書かれるようにして書かれただけの、何かの痕跡がまとめられている。

幸か不幸かそうやって、今に至るまで、私にとっての私の文学は続いている。

本書をお読みいただき、ありがとうございます。

参考・引用文献

Side A　未来

A1　音楽・SF・未来——若林恵『さよなら未来』を読みながら

・若林恵『さよなら未来——エディターズ・クロニクル 2010-2017』二〇一八年、岩波書店

・The Boys "I don't care" from 'The Boys', 2000

A2　ディストピア／ポストアポカリプスの想像力

・『S-Fマガジン　二〇一七年二月号』二〇一六年、早川書房

A3　生きること、その不可避な売春性に対する抵抗——マーク・フィッシャー『資本主義リアリズム』

・マーク・フィッシャー『資本主義リアリズム』二〇一八年、堀之内出版、セバスチャン・ブロイ、河南瑠莉訳

・K-Punk "No Future 2012"

・Hua Hsu ""Mark Fisher's "K-Punk" and the Futures That Have Never Arrived"", 'THE NEW YORKER'

・Simon Reynolds "Mark Fisher's K-punk blogs were required reading for a generation", 'The Guardian'

・Mark Fisher "Why mental health is a political issue", 'The Guardian'

・Mal d'archive「人工知能はロシア宇宙主義の夢を見るか?——新反動主義のもうひとつの潮流」

A4　The System of Hyper-Hype Theory-Fictions
・宮台真司『終わりなき日常を生きろ』一九九八年、筑摩書房
・岡崎京子『リバーズ・エッジ』一九九四年、宝島社
・K-Punk “No Future 2012”（本文引用箇所の日本語訳は筆者によるもの）
・ジャン・ボードリヤール『消費社会の神話と構造』一九七九年、紀伊國屋書店、今村仁司、塚原史訳
・Nick Land “Fanged Noumena: Collected Writings 1987-2007”, 2018, Urbanomic/Sequence Press
・工藤冬里「２０１８年8月25日午後 5:47のツイート」
・テッド・チャン『あなたの人生の物語』二〇〇三年、早川書房、公手成幸訳
・木澤佐登志『ダークウェブ・アンダーグラウンド——社会秩序を逸脱するネット暗部の住人たち』二〇一九年、イースト・プレス
・笠井康平『私的なものへの配慮 No.3』二〇一八年、いぬのせなか座
・ニック・ランド「HYPErViRus」桜井夕也訳

A5　暗号化された世界で私たちにできること——木澤佐登志『ダークウェブ・アンダーグラウンド』
・木澤佐登志『ダークウェブ・アンダーグラウンド——社会秩序を逸脱するネット暗部の住人たち』二〇一九年、イースト・プレス
・Oneohtrix Point Never “Black Snow” from ‘Age Of’, 2018

A6　分岐と再帰——ケヴィン・ケリー『テクニウム』
・ケヴィン・ケリー『テクニウム——テクノロジーはどこへ向かうのか？』二〇一四年、みすず書房、服部桂訳
・河本英夫『オートポイエーシス——第三世代システム』一九九五年、青土社
・アンリ・ベルクソン『創造的進化』一九七九年、岩波書店、真方敬道訳
・グレッグ・イーガン『順列都市』一九九九年、早川書房、山岸真訳

A7　断片的な世界で断片的なまま生きること——鈴木健『なめらかな社会とその敵』
・鈴木健『なめらかな社会とその敵』二〇一三年、勁草書房
・マリリン・ストラザーン『部分的つながり』二〇一五年、水声社、大杉高司、浜田明範、田口陽子、丹羽充、里見龍樹訳
・東浩紀『一般意志2・0——ルソー、フロイト、グーグル』二〇一一年、講談社
・東浩紀、濱野智史『ised——情報社会の倫理と設計（設計篇）』二〇一〇年、河出書房新社
・手塚治虫『火の鳥　全13巻』二〇〇四年、角川書店
・共同訳聖書実行委員会『新約聖書　共同訳全注』一九八一年、講談社

A8　亡霊の場所——大垣駅と失われた未来
・梶原拓『情報社会を生き抜く——「情場」理論と実践』一九九八年、岐阜新聞社
・梶原拓「e-Japan計画の今後について」二〇〇二年、首相官邸
・岐阜市議会議員 和田直也 公式ブログ

A9　中国日記　二〇一九年七月一五日−七月二一日
・武田雅哉、林久之『中国科学幻想文学館』〈上〉・〈下〉、二〇〇一年、大修館書店

A10　生起する図書館——ケヴィン・ケリー『〈インターネット〉の次に来るもの』
・ケヴィン・ケリー『〈インターネット〉の次に来るもの——未来を決める12の法則』二〇一六年、NHK出版、服部桂訳
・ケヴィン・ケリー『テクニウム——テクノロジーはどこへ向かうのか？』二〇一四年、みすず書房、服部桂訳
・ホルヘ・ルイス・ボルヘス『砂の本』一九八〇年、集英社、篠田一士訳
・ホルヘ・ルイス・ボルヘス『伝奇集』一九九三年、岩波書店、鼓直訳

A11　宇宙・数学・言葉、語り得ぬ実在のためのいくつかの覚え書き——マックス・テグマーク『数学的な宇宙』
・マックス・テグマーク『数学的な宇宙——究極の実在の姿を求めて』二〇一六年、講談社、谷本真幸訳

・松原隆彦『宇宙に外側はあるか』二〇一二年、光文社
・グレッグ・イーガン『シルトの梯子』二〇一七年、早川書房、山岸真訳
・グレッグ・イーガン『ディアスポラ』二〇〇五年、早川書房、山岸真訳
・グレッグ・イーガン『順列都市』〈上〉、一九九九年、早川書房、山岸真訳
・カンタン・メイヤスー『有限性の後で——偶然性の必然性についての試論』二〇一六年、人文書院、千葉雅也訳
・グレアム・ハーマン「オブジェクト指向哲学の76テーゼ」二〇一六年、飯森元章訳
・ホルヘ・ルイス・ボルヘス『伝奇集』一九九三年、岩波書店、鼓直訳
・円城塔『Self-Reference ENGINE』二〇〇七年、早川書房
・円城塔「パリンプセストあるいは重ね書きされた八つの物語」（『虚構機関——年刊日本SF傑作選』所収）二〇〇八年、東京創元社
・佐々木敦『あなたは今、この文章を読んでいる。——パラフィクションの誕生』二〇一四年、慶應義塾大学出版会

Side B　物語

B1　生まれなおす奇跡——テッド・チャン『息吹』の読解を通して

・テッド・チャン『息吹』二〇一九年、早川書房、大森望訳

B2　物語の愛、物語の贖罪——イアン・マキューアン『贖罪』

・イアン・マキューアン『贖罪』二〇〇八年、新潮社、小山太一訳
・Ian McEwan “Only Love and Then Oblivion. Love was all they had to set against their murderers”, ‘The Guardian’
・イアン・マキューアン『愛の続き』二〇〇五年、新潮社、小山太一訳
・イアン・マキューアン『アムステルダム』二〇〇五年、新潮社、小山太一訳
・ヘーゲル『法の哲学——自然法と国家学』一九六一年、東京創元社、高峯一愚訳
・エマニュエル・レヴィナス『存在するとは別の仕方であるいは存在することの彼方へ』一九九〇年、朝日出版社、合田正

人訳
・ジャック・デリダ『そのたびごとにただ一つ、世界の終焉』二〇〇六年、岩波書店、土田知則、岩野卓司、國分功一郎訳

B3 未完の青春——佐川恭一『受賞第一作』
・佐川恭一『受賞第一作』二〇一九年、株式会社破滅派
・ミシェル・ウエルベック『服従』二〇一五年、河出書房新社、大塚桃訳

B4 明晰な虚構の語り、文学だけが持ちうる倫理——阿部和重『Orga (ni) sm』
・阿部和重『Orga (ni) sm』二〇一九年、文藝春秋

B5 オブジェクトたちの戯れ——筒井康隆『虚航船団』
・グレアム・ハーマン「オブジェクトへの道」(青土社『現代思想』二〇一八年一月号)

B6 苦しみが喜びに転化する場所としての〈マネジメント〉——新庄耕『地面師たち』
・新庄耕『地面師たち』二〇一九年、集英社
・「ドラッグ、マルチ商法を経験した異形の作家が〈地面師〉を描くまで『地面師たち』著者・新庄耕インタビュー」(講談社『現代ビジネス』ウェブサイト)

B8 ホワイト・ピルと、愛の消滅——ミシェル・ウエルベック『セロトニン』
・ミシェル・ウエルベック『セロトニン』二〇一九年、河出書房新社、関口涼子訳

B9 あいまいな全知の神々、未来の思い出とのたわむれ——神林長平『先をゆくもの達』
・神林長平『先をゆくもの達』二〇一九年、早川書房

B10　エメーリャエンコ・モロゾフ――稀代の無国籍多言語作家

・InsideExplorer「IEさん(@InsideExplorer)によるエメーリャエンコ・モロゾフ『加速する肉襦袢』抄訳」二〇一一年、Togetterまとめ

B11　忘却の記憶――言葉の壺に纏わる、九つの断章

・神林長平『言壺』二〇一一年、早川書房

・神林長平『アンブロークンアロー――戦闘妖精・雪風』二〇一一年、早川書房

初出一覧

Side A　未来

A1　音楽・SF・未来――若林恵『さよなら未来』を読みながら（インクワイア『UNLEASH』）

A2　ディストピア／ポストアポカリプスの想像力（青土社『現代思想二〇一九年五月臨時増刊号　総特集＝現代思想43のキーワード』）

A3　生きること、その不可避な売春性に対する抵抗――マーク・フィッシャー『資本主義リアリズム』（インクワイア『UNLEASH』）

A4　The System of Hyper-Hype Theory-Fictions（青土社『現代思想』二〇一九年六月号）

A5　暗号化された世界で私たちにできること――木澤佐登志『ダークウェブ・アンダーグラウンド』（インクワイア『UNLEASH』）

A6　分岐と再帰――ケヴィン・ケリー『テクニウム』（インクワイア『UNLEASH』）

A7　断片的な世界で断片的なまま生きること――鈴木健『なめらかな社会とその敵』（インクワイア『UNLEASH』）

A8　亡霊の場所――大垣駅と失われた未来（LOCUST編集部『LOCUST　Vol.3』）

A9　中国日記　二〇一九年七月一五日-七月二一日（note）

A10　生起する図書館――ケヴィン・ケリー『〈インターネット〉の次に来るもの』（インクワイア『UNLEASH』）

A11　宇宙・数学・言葉、語り得ぬ実在のためのいくつかの覚え書き――マックス・テグマーク『数学的な宇宙』（インクワイア『UNLEASH』）

Side B　物語

B1　生まれなおす奇跡――テッド・チャン『息吹』の読解を通して（文藝春秋『文學界』二〇二〇年二月号）

B2　物語の愛、物語の贖罪――イアン・マキューアン『贖罪』（早稲田大学文学部文学科英文コース　二〇一一年卒業論文）